小学館文庫

桜嵐恋絵巻

深山くのえ

小学館

目次

桜嵐恋絵巻　五
兄の計画　二六六

登場人物

藤原詞子（ふじわらのことこ）……中納言家の大君。呪われた姫、鬼姫と呼ばれる。
源雅遠（みなもとのまさとお）……左大臣家の嫡子。無風流と言われる無官の公達。
藤原艶子（ふじわらのつやこ）……詞子の異母妹。
韓藍の女（からあい）……詞子に呪いの言葉を向けた女。
淡路（あわじ）……詞子の女房。
葛葉（くずのは）……詞子の女房。
源利雅（みなもとのとしまさ）……雅遠の異母弟。
兵部卿宮敦時（ひょうぶきょうのみやあつとき）……先の帝の末弟。
安倍保名（あべのやすな）……雅遠の乳兄弟。大膳少進。

藤原国友（ふじわらのくにとも）……中納言。詞子の父。右大臣派。
源雅兼（みなもとのまさかね）……左大臣。雅遠の父。
源利雅（みなもとのとしまさ）……雅遠の異母弟。
藤原則勝（ふじわらののりかつ）……右大臣。
坂川信材（さかがわののぶき）……雅楽寮の使部。
瑠璃（るり）……詞子が飼っている黒猫。
玻璃（はり）……詞子が飼っている白黒のぶち猫。
有輔（ありすけ）……詞子の使用人。妻は小鷺（こさぎ）。息子は筆丸（ふでまる）。

雷鳴が轟き、稲光がその姿を浮かび上がらせた。

叩きつけるような激しい雨音さえ掻き消すように、女たちの絶叫が響き渡る。

鬼が、という誰かの声を遮って、青白い閃光が再び異形の者を照らした。

逆立った髪、おそろしく大きな目鼻、剝き出された歯――それは怒りの形相に似て、だが、とても人の顔とは思われなかった。誰かが言った鬼という呼び名が、この異形の者には、最も合っているのではないだろうか。

「鬼が……鬼が！」

「誰か来て、助けて――」

女房たちが悲鳴を上げて逃げ惑う中で、詞子は柱の陰から、じっと息を詰めて鬼の様子をうかがっていた。

「逃げましょう姫様。早く……」

「淡路、静かに。……誰かを捜しているわ」

詞子は必死で袖を引く女房を手で制して、開け放された妻戸から吹きこむ風にもかろうじて消えずに残っている、燈籠のわずかな明かりを頼りに、目を凝らす。

鬼は腕を振り、床を踏み鳴らしながら、几帳を片端から引き倒し、隠れていた女たちの髪を摑み、あるいは単の襟首に手をかけて、いちいち泣き叫ぶ顔を見ているようだった。

「ここにいる者に恨みでもあるんでしょうかね」

「変なこと言わないでよ葛葉っ……」

詞子の袖を引いていた淡路が、慌ててもう一人の女房の口を塞ぎにかかる。

「……！」

鬼が何か吠えた。捜す者が見つからない苛立ちか、動作は次第に荒々しさを増していく。その足元には、恐怖で気を失ったのだろう、何人かの女房が倒れていた。

「聞こえた？　いまの……」

「えっ？」

淡路と葛葉は一度耳をすまし、それから首を傾げた。

「何か聞こえたんですか？」

「そうびの……とか」

再び、鬼が何か叫んだ。

雨音に紛れたそれは聞き取りづらかったが、確かに、そうびのきみ、と聞こえた。

「……言いましたね」

「そうび……薔薇（そうび）のことでしょうか？」

「薔薇……」

　淡路の言葉に、詞子がふと顔を上げる。

「まさか、艶子（つやこ）……」

「えっ？」

「あの子、薔薇の扇を使っていなかった？」

「檜扇（ひおうぎ）ですか？　ええ、たしか薔薇の絵が——」

　稲妻とともに天地が割れたかと思うような轟音（ごうおん）がした。近くに雷が落ちたのだろう。

「……っ、姫様、やっぱり戻りましょう！」

「そうですね。どのみちここにいても、鬼に食われるだけかもしれません。それより向こうで隠れていたほうが」

「だから葛葉、そういう縁起でもないことっ……」

「艶子！」

　詞子の鋭い口調に、淡路と葛葉は振り返った。

　すでに屋敷の奥まで踏みこんでいた鬼が、腕に女を一人、抱えている。抱えられた女は絶え間なく泣き叫び続けており、その雷鳴より耳につく甲高い声が誰のものかに気づいた女房たちまでも、さらに絶望的な悲鳴を上げる。

「姫君が、姫君が……！」

「誰か……誰か姫様をお助けして……！」

混乱の中、ようやく家人が集まってきたのか、走りまわる幾つもの足音と男たちの声がした。灯りが点され、薄闇に泣きわめく娘と鬼の姿がぼんやりと見える。

「――艶子、艶子ーっ！」

裏返った男の叫び声に、詞子たち三人は思わず顔を見合わせ、また様子をうかがうと、この家の主――中納言藤原国友が、両手足をばたつかせ、全身で慌てながら娘の名をひたすら連呼していた。

「まぁ、お父様ったら、あんなに取り乱して……」

「しかも鬼の前で何度も名を呼んでますよ。迂闊ですね」

「こんなときこそ殿が落ち着いてくださらないと、皆がどうすればよいのか……」

そう言っている間にも、鬼は暴れる艶子を引きずって、外に出ようとしている。

「つ、艶子、艶子！　――おい、誰か早く艶子を助けないか！」

主の命令で、家人たちがそれぞれ鞘から抜いた剣を構え、弓に矢を番えるものの、どの男も腰が引け、威嚇のために発する声にも勢いはなく、鬼を恐れているのは明らかだった。

「いやーっ！　お父様っ、お母様ーっ！　誰かっ……命婦、伊勢！　あ、初雁っ、誰か……早く助けなさいよーっ！」

名指しされた女房らは、とっくに気絶しているのか腰が抜けているのか返事すらせず、父親も相変わらず慌てているだけで、母親など姿すら見えない。

とうとう鬼は、艶子を連れて簀子（すのこ）へと出てしまった。雨が容赦なく叩きつけ、艶子は叫ぶことすらできなくなる。

詞子は、ゆっくりと立ち上がった。

「姫様」

葛葉が、咎（とが）めるような口調で詞子を呼ぶ。

「いくら殿も男衆も腰抜けとはいえ、姫様がどうこうなさろうだなんて無茶ですよ」

「でも、ここで腰が抜けていないのは、わたくしだけだわ」

「おやめなさいませ。あの我儘（わがまま）な妹君のために、姫様がそこまでされることはありません」

「そ、そうですよ！　相手は得体の知れないものですよ!?」

必死に袖を引く淡路を、詞子は雷鳴と絶叫の中にあって、かえって奇妙なほど落ち着き払って見下ろしていた。

「……艶子が助けてと望むなら、助けるしかないでしょう？」

「姫様……」

「それが、わたくしに与えられた天命だもの」

充分な明かりがあれば、その暗い瞳が見えただろうか——

小袿（こうちき）の襟元を直し、詞子は柱の陰から出ると、一番近くにいた家人に手を伸ばした。

「その弓と矢を、わたくしにお貸しなさい」

「は……へっ？」

若い家人が目を瞬かせているうちに、詞子はさっさとその手から、弓と矢を一本奪い取る。それを見て、ため息をついて淡路と葛葉も立ち上がった。

「姫様、弓矢をお使いになったことなどございませんでしょう……」

「ないわ。力が要りそうね」

「お手伝いします」

淡路に袖を押さえさせ、詞子は弓の握りを摑み、矢を番えた。葛葉が矢を引くのを助ける。

「こ——詞子!?　何をする!?」

雨降る外に向かって弓矢を構える詞子を見て、国友が脳天から突き抜けたような声でわめきながら、あたふたと駆け寄ってきた。

「このままでは、艶子が連れていかれますわ」

「だ、だが、おまえ、もし艶子に当たったりしたら……」

「当たらないようにお祈りなさいませ」

淡々と言って、詞子は葛葉にうなずく。

「見える？」

「雷が光れば、どうにか」

「合図をしたら、手を離して」

稲光の間に見えた鬼は、もはや抗う力を失った艶子を脇に抱えて庭に下り、門へと向かおうとしていたが、艶子の衣や長い髪が雨に濡れて重くなっているのだろう、運ぶのに苦労しているようで、動きは鈍かった。

詞子は戸口の際まで出て、矢先を異形の者へと向ける。二人がかりでも、しょせんは女の細腕、長くは構えていられない。詞子は葛葉とともに弦を思いきり引っぱり、叫んだ。

「――止まりなさい！」

雷鳴の中、凜と響いた声に、鬼が振り返る。

「いい？　一、二……」

矢から手を離した刹那、轟音とともに青白い閃光が走った。

「……どこかに当たったのかしら？」

「ここからではよく見えませんね」

「あちらの格子を上げれば、見えるかもしれません」

呆然と立ちつくしている父親を押しのけ、気絶している女房たちを踏み越えて、淡路が持ってきた燭台の灯りを頼りに、詞子らは鬼のいたあたりの庭に面した蔀戸を上げた。

鬼は艶子に覆い被さるようにして倒れていた。矢がどこに刺さっているのかは見えないが、よろめきながら立ち上がった鬼は、左脚を押さえている。

「いまのうちに、誰かあの子を連れ戻しなさい」

詞子の言葉に、凍りついたように動かなかった家人たちが我に返り、妻戸を開けて次々と外に出ていく。それを見て、鬼は一瞬迷ったようだったが、艶子をその場に残して踵を返すと、足を引きずりながら門のほうへと走り去った。

「……」

詞子は、鬼の姿が消えた闇を、じっと見つめていた。

家人たちに担がれて、全身ずぶ濡れで泥まみれになった艶子が部屋に運びこまれてくると、女房らが気まずそうに顔を見合わせながらも、ほっとした様子で隠れていた几帳の陰から姿を見せる。

「ああ、恐ろしかった……。何だったのでしょう、あれは」

「きっと鬼ですわ。こんなひどい雨夜ですもの。鬼が山から下りてきたのでしょう」

「まあまあ……姫様、御髪（おぐし）を拭きませんと。男たちはお下がりなさい。ああ、こんなに汚れてしまって……姫様があまりにお美しいから、鬼も魅入られてしまったのですわ」

「……によ……」

艶子が、ゆっくりと顔を上げた。濡れた髪が頬に張りついている。

「何よ——何よ何よっ！　誰もあたくしを助けないで……！」

「で、ですが姫様、相手が鬼では……」

「そっ、そうですわ！　男衆がだらしないんですのよっ」

口々に言い訳を始めた女房たちを、艶子はきっとにらみつけた。

「何よ！　鬼ぐらい、うちにだっているじゃないの！」

皆が一斉に、詞子を振り向いた。

詞子は黙って、まだ弓を手にしたまま立っている。

「……あんたね？」

雷鳴よりも低く、艶子がつぶやいた。

「鬼姫（おにひめ）。……あんたが仲間を呼んだんでしょう」

「……わたくしが？」

「そうなんだわ。そうでなきゃ、あんなものがうちに入ってくるなんて……！」

艶子のきつい口調に、女房たちも非難めいたどよめきを上げる。その様子に、詞子の背後で葛葉が呆(あき)れた顔をした。

「助けてもらっておいてよく言いますね。大方ここの誰かが見境なく色目を使って、鬼や物(もの)の怪(け)の類(たぐ)いまで呼びこんでるんじゃないですか」

「何ですって!?」

「……ああ葛葉、また余計なことを……」

ますます大きくなった抗議の声に、淡路が頭を抱える。

「艶子」

罵倒に近い女房たちの言葉を黙って聞いていた詞子が、目を吊(つ)り上げている妹を、静かに見つめ返した。

「あの鬼は、あなたを捜していたようだったわ。あなたに心当たりはないの?」

「あるわけないでしょ!? 何よ、自分で呼んでおいて、白々しい!」

雷鳴が轟き、稲光がその姿を浮かび上がらせる。

さっきの鬼にも似た、憤怒(ふんぬ)の形相。

「出てってよ」

言葉が目に見えるものならば、きっと薔薇のように棘(とげ)のある声色。

「出てって鬼姫。あんたがいるから、こんな恐ろしい目に遭うのよ。——早く、いますぐここから出てって!!」

人の声と雷鳴が途切れただけで、ずいぶんと静かになる。

雨音だけが聞こえていた。

詞子は一度目を閉じ、そして目を開け、唇に冷めた笑みを浮かべて、まだぼんやりと突っ立っている父親を振り返る。その冷笑の中に、諦めの影が差していたことに気づいた者は、誰一人いない。

「北白河の家が、空いていますわね」

「あ……ああ……」

「夜が明けたら、まいります」

弓を父親に押しつけ、詞子は開いた格子から真っ暗な空を見上げた。

「……夜明けには、この雨も止むでしょう」

＊＊　＊＊　＊＊

「白河の鬼姫？」

口に運びかけていた酒の杯を持ったまま、雅遠は集まった友人たちを見た。

「聞いたことないか、雅遠」

「ない」

都は四条――太政大臣不在のいま、人臣のうちで右大臣と並ぶ最高位である左大臣、源雅兼の邸宅は南北二町を占め、庶民の家ならゆうに何十軒と納まるほどの広大な敷地に、主の住まう寝殿と、その子供らが使う東西北の対の屋があり、それぞれに数多の雑色、女房たちが仕えている。

如月の吉日、この四条の邸宅では、花見の宴が催されていた。

朧月の下、庭には篝火が焚かれ、いまが盛りの桜の花を照らしている。招かれた人々は、池に浮かぶ舟から聴こえる管弦の音に耳を傾けながら、酒を酌み交わし、あるいは歌を口ずさみ、またこの家の女房に戯れに声をかけたりしながら、それぞれに楽しんでおり、そんな中、寝殿南側の広廂では、雅兼の息子である雅遠を、数人の年若い公達が囲んでいた。

「鬼姫って何なんだ。鬼の娘か？」

「中納言の娘が、そう呼ばれてるんだよ」

雅遠は杯をひと息にあおり、その甘みに顔をしかめ、茄子の漬物に手を伸ばす。

「そう言ってもな、中納言はいま四人いるだろう。どの中納言なんだ」

「二条中納言だ。ほら、藤原の」

友人たちの苦笑交じりの表情を見て、雅遠もうなずいた。

「ああ、あの右大臣の気に入りで、最近やけに出世の早い……」

「それだ、それ。そこの娘のことだよ」

「ふーん……。二条中納言には、そんなに恐ろしい娘がいるのか」

雅遠は笙や笛の音をまるで気にする様子もなく、こりこり音を立てて茄子を噛んでいる。

「二条中納言には娘が三人いる。聞いた話では、中の君はかなりの美人らしい。三の君は、まだ裳着の済んでいない子供らしいから、どうなのか知らないが……」

「ということは、一番上の娘が鬼なのか」

「しかし、二条中納言の大君の噂など、女の話に疎い雅遠はともかく、我々ですら、聞いたことがなかったではないか。急に話題が出てくるとは、どういうことなのだ？」

一人の言葉に、いま女の話に疎いと言われたばかりの雅遠以外の公達は、一斉にうなずいた。

「確かに。中の君の話ならよく聞くぞ。十五だったか、年のわりに色気のある美人だと」

「あそこの女房たちは、大君のことをまったく話さないらしいが」

「女のことなら――あの御方に訊くのがいいのではないか？」

今度は焼いた貝をつついていた雅遠に、皆の目が集まる。

「……兵部卿宮なら、あっちの女房たちのところで飲んでるんじゃないのか」

「やっぱり……」

「どこでもここでも女を独り占めするんだな、あの御方は……」

額を押さえてうなだれる友人たちの姿に、雅遠は笑って、近くに控えていた女童に、兵部卿宮を捜してくるように告げた。ほどなく、すらりとした立ち姿も美しい貴公子がやって来る。先の帝の末弟、兵部卿宮の敦時である。

「まったく、何事かな。せっかく美しい花を愛でていたというのに、こんなむさくるしいところに呼び出されるとは」

「よく言いますよ。愛でておられたのは何の花だか……」

ぼやく友人の横の、空いている円座を指して、雅遠は敦時に座るように促した。

「呼び戻してすみませんね、宮。世の女どもを貴方に独占されて困ってる俺の友人どもが、ぜひとも宮に話をお聞きしたいって言ってるもんで」

「それは珍しい。それで、誰の話が聞きたいのかな」

「鬼姫とかいう女の」

敦時は少し驚いたように、目を見張った。

「……私が手を出していない女人を捜そうとしたら、とうとう鬼姫にまで行き着いたということかな？」

「何です兵部卿宮、まさか鬼までも恋人にしていたのですか」

「いや、さすがの私も、あのような話を耳にしては、口説こうとは思えなかったな」

「あのようなって……」

身を乗り出してきた公達に、敦時は苦笑して杯を傾ける。

「二条中納言の中の君が美女だと聞いて、それなら大君も美しいのではないかと、あそこの女房にそれとなく尋ねてみたのだが、何故か皆、大君のこととなると口が重くてね。それどころか、鬼姫と呼ばれているじゃないか。ますます気になって、ようやく聞き出したら……」

「聞き出したら？」

「呪われている、らしい」

「……」

身を乗り出していた連中が、逆に身を引いて、気味悪そうに互いの顔を見合わせている。

「の、呪い、ですか？」

「話してくれた女房もずいぶん恐ろしがって、詳しくは言おうとしなかったな。ただ、大君は中の君や三の君とは、母親が違うそうだ。大君の母親は身分の低い女で、もう亡くなっているとか……。とにかく、顔立ちは中の君とはまるで似ていない、特に見るべきところもないと聞いて、文も出さずに終わってしまったよ」

公達は各々、納得したような、がっかりしたような声を上げた。雅遠は干した鳥の肉に醤をつけては、口に運んでいる。

「呪い持ちの姫君とは、恐ろしいなぁ」

「何かに憑かれているのかも……」

「なるほど。それでいままで大君の話は聞かなかったということですか」

「美女でないとしても、年は今年で十六だというから、そのようなことでもなければ、少しぐらいは口の端に上っただろうね」

干鳥を飲みこんだ雅遠が、酒で喉を潤し、甘いとつぶやいて顔を上げた。

「それで？　二条中納言は、二条に屋敷があるから二条中納言というんだろう？　二条の鬼姫ではなくて、どうして白河の鬼姫なんだ」

「いや、だからな、そこなんだよ。いま、その鬼姫は白河にある二条中納言の別邸に住んでいるというんだが、ここ数日、急にあちこちで白河の鬼姫鬼姫と聞くものだから、兵部卿宮なら御存じかと……」

「それで私が呼ばれたわけか」

敦時は笑って、扇を広げて襟元を少し扇いだ。

「十日ほど前、ひどい大雨と雷の夜があっただろう。そのとき、右大臣家の女房が方違えで二条中納言の家に泊まっていたそうなのだが、夜になって、庭先に鬼が現れたとか」

「鬼!?」

一人が杯を取り落とし、慌てて拾う。

「本当ですか、それは……」

「姿を見たと言ったよ。それは恐ろしい面相で、とても人とは思われなかったと。しかも屋敷の中にまで乗りこんできた――」

別の一人が、ひぇっ、と声を上げ、袖で口を押さえた。

「そ、それで?」

「右大臣家の女房は、恐ろしさのあまり、気を失ってしまった。目覚めた後で聞いてみると、鬼は矢を射かけられて退散したらしいが、大君が鬼を呼び寄せたのだと大騒ぎになっていて、さすがに中納言も屋敷に置いておけないと思ったのだろう、朝早くに大君を白河の別邸に移したのだそうだ」

その話を右大臣家の女房が吹聴して、噂が広まった――ということらしい。

「……それは……恐ろしい……」

「せっかく方違えした先でそのような目に遭うとは、まさかそれも呪いのうち……」

「ま、まさか、方違えぐらいでは避けられぬほどの呪いだと?」

「当分は白河に近寄らないほうがいいな……」

「二条中納言の大君は、鬼に憑かれた姫君であったか……」

頬を引きつらせた面々に、敦時はくすりと笑い、閉じた扇で優雅に廂の奥を指し示した。

「まぁ、せっかくの宴の夜、きみたちもわざわざ鬼の姫君に思いをはせなくとも、この家の美しき花々を愛でてはいかがかな」

「そ……そうですね……」

「そうそう、ここの女房、いや、ここの花はなかなか美しい……」

一人、また一人と腰を上げ、とうとう座には、雅遠と敦時だけが残された。雅遠はひたすら、瓜の漬物をこりこりと噛んでいる。

「……食べてばかりだな、きみは」

「宴の酒は甘くて好かないんですよ」

「花見の宴なのだから、花を見たらどうかという意味だが」

「うちの女房どももなんか見慣れてます」

「庭の桜だよ」

「毎年見てます」

「……相変わらず無風流だね」

「花は好きですよ。ただ、昼間蹴鞠（けまり）と弓の稽古をしたら、腹が減って」

「そこで空腹に負けるところが無風流だよ」

白瑠璃（るり）の器に盛られた苺（いちご）を頬張りながら、雅遠は敦時を横目でにらんだ。

「宮まで父みたいなこと言わないでくださいよ。腹が減ったら食う。それでいいでしょう」

「きみの父上の嘆きがよくわかるから言うのだよ。……ところで、前（さき）の但馬守（たじまのかみ）の娘とは、あれからどうなった？」

「とっくに終わってますよ。いまは安芸守（あきのかみ）の娘のところに通ってます、一応」

敦時は嘆息をもらし、広げた扇で顔を覆った。

「情けない……。きみが前の但馬守の娘のところへ文を出すようになったと聞いたのは、つい二十日（はつか）ほど前のことだというのに、また駄目だったのか……」

「だから父のようなことを言わんでくださいって」

「安芸守の娘にだって、通っているなどと言って、どうせ文を二、三度出している程度なのではないのか？」

「二度文を使いに持たせて、昨日の夜は自分で行きましたよ。女房に渡しただけですが」

「そこで歌のやり取りは……」

「その場で歌を詠むなんて、俺ができるわけないでしょう」

「……ああ……」

さらに深くため息をつく敦時の杯に、雅遠は酒を注ぎ足す。

「ま、そう悲嘆せず飲んでくださいよ。ああ、この茄子、いい加減に漬かってますよ」

「……他ならぬきみ自身の話なのだから、きみが一番悲嘆すべきなのだがね、雅遠」

「あいにく俺は、宮のように恋が上手くないんで」

ちょうど楽が途切れて、雅遠が漬物を噛む音がこりこりこりと小気味よく響く。

「どうも、できないんですよ。顔も見たことない女に、わざわざ頭をひねって歌なんぞ詠んで、それで返事が来るならともかく、代筆代筆、また代筆で、挙句にこっちが四苦八苦して作った歌をけなされて笑われて、それでもどうにか堪えて会えるところまでこぎつけたって、御簾を上げないどころか、もったいぶって話もしやしない。しかもこの期に及んで、まだ歌なんか渡してこられたら――」

「……雅遠、雅遠」

敦時が頭を振って、雅遠の肩を扇で叩いた。

「きみが好い人物だということは、私もよく知っている。……が、きみも今年で十六だろう。もう少し大人になったほうがいい。世間並みの作法というものを身につけるとでも思って、せめて歌のひとつぐらい詠めるようにならなくては、この先やっていけないよ」

「本当にうちの父そっくりのことを言いますね、宮も」

箸を置いて、雅遠は大きく息を吐き、高欄に背をもたれさせた。弱い風が桜の枝を緩く揺らしている。

「きっと、その次はこう仰るつもりでしょう。歌も詠めない、頭も悪いで、そんなことだから弟の利雅に何事も先を越されるのだ。いくら同い年の兄弟とはいえ、おまえのほうがふた月も先に産まれているのだし、おまえの母は皇女で、利雅の母は受領の娘。血筋からも生まれ順からいっても、おまえがこの家の当主となるべきなのに、おまえはとても、いずれ大臣となれるような器ではない――」

「……私はそんなことまで言うつもりはないよ」

困ったように苦笑して、敦時は静かに扇を開いた。扇にも、桜花の絵が描かれている。

「きみの異腹の弟は、確かに小才が利くと評判だ。出世するだろうね。しかし、きみがそれを悔しいと思えば、いつでも追い越せるだろう」

「どうでしょうね。あいつは出来がいい。俺みたいに、歌を詠もうと考えただけで、頭が石のようになることもないでしょうよ」

そう言う雅遠の表情は、ごくあっさりとしていた。

「ま、利雅だって源氏の子です。俺には到底見こみがないと諦めているからこそ、父も利雅を跡継ぎにするつもりで、あいつを先に蔵人に推したんでしょう」

「……そこは私も、いまだに納得がいかない。きみは弟よりも器用ではないかもしれないが、間違いなく嫡子だ。十六の若さで官に就かせるならば、きみが先であるべきだね」

「宮――」

雅遠は首をめぐらせ、東の対のほうを見た。そこの廂でも多くの貴族たちが集い、談笑しているのが遠目にうかがえる。この屋敷では、桜は東の対からの眺めが最も素晴らしいということで、主である雅兼に招かれた人々は、ほとんど東の対にいるのだ。

「今日は、利雅も来てるんですよ」

「どこに?」

「あちらの対の屋に。いまごろ堂々と、父の客の相手をしてるんじゃないですか」

俺は面倒なんで会いませんけど――と言って、雅遠は唇の片端を少し歪めた。

「確かに、左大臣である父がひと声上げれば、俺が前の除目で何らかの官位を得るのは簡単だったでしょう。……父がそうしないで、利雅のほうを蔵人に就かせたのは、何故だと思いますか」

「わからないね」

「何もできない馬鹿息子を出仕させて、自分が世間の笑い者になりたくなかったからですよ」

振り向いた敦時は、微かに眉をひそめていた。

「……まさか」

「俺だっていずれは任官されるでしょうけど、恥をかくのはできるだけ先延ばしにしたいってことでしょうね。急いで職に就かなくても、左大臣の息子なら、何もしなくても二十一になれば、最低でも五位の位がもらえるし、それに見合った給与も出ますから」

風が、少しのあいだ強く吹きこんできた。

雅遠は目を細めて風をやり過ごし、そうして、低くつぶやく。

「父の口から聞いたんで、本当ですよ。……教養がない俺が親の力で公卿になって、左大臣の嫡子はこの程度かと言われるよりは、源氏の家は利雅に任せて、俺はせいぜい金持ちの娘の婿になるほうが現実的かもしれない、ってね」

「……」

敦時は何か言いかけるように口を開いたが、結局何も言わず、杯を干した。

再び管弦の演奏が始まる。

雅遠はその音色に耳を傾けながら、ぼんやりと桜を眺め、ひとつ、あくびをした。

＊＊　　＊＊　　＊＊

鴨川を渡った都の東、北白河にある二条中納言の別邸は、山に近く人里からも離れ、静寂に包まれていた。

「のんびりできてよかったじゃない。──ね、淡路、葛葉」

廂に出て、御簾越しに庭を眺めていた詞子が振り向くと、二人の女房は、それぞれ曖昧な笑みと不機嫌そうな表情を浮かべた。

「ええ、まぁ……姫様がそう仰いますなら……ですが……」

「確かにここは落ち着いたいい所ですし、余計なことを言う者もいませんけど、恩知らずの我儘姫に追い出されたのだと思うと、いまだに腹が立ちます」

「律儀に腹を立てることなんてないわ。あの子のああいった物言いは、いまに始まったことじゃないでしょ？」

でも──と、詞子は眉を下げて微笑んだ。

「わたくしはここが気に入っているけれど、ふたりには退屈かもしれないわね。あなたたちはついてきてくれると思っていたから、否とも言わせず連れてきてしまって、悪かったわ」

「そ、そんなことないですっ！　ね、葛葉？」

淡路が慌てて手を振り、横で葛葉もうなずく。

「そうですよ。本邸にいてもあちらの女房どもと喧嘩するだけで、あんなものは退屈しのぎにもなりません」

「それに、ほら、瑠璃と玻璃も、あんなにのびのびとして……」

三人が視線を向けた先には、あたたかな陽射しが降り注ぐ簀子で、腹を出して寝そべっている黒猫と、丸くなって目を細めている白毛に黒のぶち猫。

「……まぁ、ずいぶん気持ちよさそうだこと……」

「繋いでおかなくていいんですか？」

「本邸ではないもの。逃げる様子もないし、繋いでしまっては、あんなにくつろいで寝ることもできないんじゃないかしら」

詞子は笑って、また庭に目をやった。

夏、それもよほど暑いときでもなければ使われることのなかった白河の別邸は、屋敷を囲む築地の泥が落ち、あちこち崩れ、簀子も傷み、庭も荒れ放題だった。

これではあんまりだと、果敢にも葛葉が国友に抗議したものの、すぐにすべてを修繕するのも難しいというので、ひとまず北の対と東の対については、使わないようにするということにして、本邸の家人を何人か寄越してもらい、普段使う寝殿だけを住めるように整えたが、家人らも数日で帰ってしまったため、その後、残った家人だけで庭を見苦しくない程度には草を刈り、池の掃除もしたら、落ち着くまで十日以上かかってしまった。

中納言家のれっきとした姫君の住まいなのにと、葛葉どころか淡路までも怒ったことには、本邸にはかなりの人数の家人がいるのに、詞子に付けられたのは、たった三人、それも夫婦者とその息子だけで、子供はまだ七つだった。

「有輔(ありすけ)と小鷺(こさぎ)はすすんでこちらに来てくれたけれど、筆丸(ふでまる)はかわいそうだったわね。まだ同じ年ごろの子たちと遊びたい盛りでしょうに……」

「筆丸も望んで来ていますよ。昨日もここの池は大きいと言って喜んで、ねぇ」

「ええ。掃除をしているのか泥遊びをしているのか、どっちかわかりませんでしたよ」

ぶち猫のほうが頭を上げ、うー、と猫らしからぬ声で唸(うな)る。

「玻璃？」

詞子が呼びかけると、白黒のぶち猫は返事をするように尻尾を動かしたが、すぐにまた丸くなって眠ってしまった。

小さく笑って、詞子はまた、あたりを見まわす。

少しの調度しかない、がらんとした薄暗い部屋と、御簾に隔てられた、小さな花々の咲き乱れる明るい庭。その光景は、二条の本邸とそれほど違いはない。

ただ、目を閉じると、木々の枝葉が風に揺れる音が、以前のように襖越しに漏れる女たちのはしゃいだ声に邪魔されることなく、涼やかに耳に届いてくる。

……これでよかったのよ。

いつかは、こんな静かな暮らしを送るつもりでいた。もっともそのときには、髪を下ろし、墨染めの衣を着て、誰も連れずに独り――

「それにしても、手入れもされていなかったのに、見事に咲いていますわね」

淡路の弾んだ声に、顔を上げる。御簾の内からでもわかる鮮やかな色に、詞子も唇をほころばせた。

「そうね。……前に見たのは、いつだったかしら」

「姫様の御母上が亡くなられる前の年の春じゃありませんか」

「そうだったわ。葛葉はよく憶えているわね」

「あのころは庭に下りて見ましたよ。御母上は東の対から御覧になっておいででした」

「向こうからのほうが、よく見えるわね」

腰を浮かせかけた詞子を、淡路が慌てて手で制する。

「いけませんよ、姫様。東の対に行く渡殿は、床板が腐っていて通れないんです」

「あら、残念」

「有輔さんに頼んで、少しずつ直してもらいますよ。釣殿に渡る廊も傷んでましたから、そっちを先に見てもらわないと、夏に涼む場所がないです」

「それじゃ、東の対に渡れるのは、来年になるわね」

ぶち猫の玻璃がのそりと起き上がり、前足を思いきり伸ばした。そうして御簾の隙間から表の簀子へと出ると、そのまま庭に飛び降りてしまう。

「玻璃、あまり遠くへ行っては駄目よ」

「食事の時間になったら戻ってきますよ」

それでは——と言って、淡路と葛葉が立ち上がった。

「小鷺さんがわたしたちの単を縫ってくれていますので、ちょっと手伝ってきます」

「あたしも筆丸に頼む用事がありますから——」

「ええ。いってらっしゃい」

淡路と葛葉が家人夫婦のいる下屋(しもや)に行ってしまって、寝殿には詞子と、黒猫の瑠璃だけになった。瑠璃は相変わらず、腹を見せた豪快な格好で寝ている。

このあいだの雷雨の夜が嘘(うそ)のような穏やかさだった。こうしていると、まるであの夜が、遠い昔のことのようにさえ思えてくる。

あれは、鬼だったのだろうか。

遠い昔の出来事のようなのに、艶子の言葉が、耳の奥にいまもはっきり残っている。

鬼姫。あんたが仲間を呼んだんでしょう——

「……また、嫌われてしまったわね」

知らず自嘲の笑みがこぼれた。

わかっている。あれから十二年経つが、もはや自分はあの家にあって、恐れられ、疎まれるだけの存在でしかないのだ。これから先もずっと。

そう。……それこそが、この身に受けた呪い。

憶えている。こうして目を閉じるだけで、瞼の裏に、ありありと浮かんでくる――


あれは、四歳の秋だった。

自分の目で見る空は、遠かったけれどまだ広くて、世の中は明るく、日々は楽しかった。

母がいて、乳母がいて、祖父母がいて、たくさんの笑顔に囲まれていた。

父の姿を家でよく見るようになったのも、あのころからだったろうか。それまで父親というものは、日が暮れると現れるものだと思っていたが、これからは一緒に暮らすのだと、そう聞いた気がする。

これで殿は、ずっとわたくしたちのところにいてくださるのよ――

母が殿と呼んでいたのは、父のことだ。母は喜んでいた。いや、家の誰もが喜んでいた。

ちょうどそのころ、頻繁に耳にしていた名があった。

韓藍（からあい）の女。

いま思えば、それはただの呼び名だ。本当の名は知らない。とにかく女房たちが、その名を口にするたび声をひそめていたのが、子供心にも気になっていた。

韓藍は秋に咲く、鶏（にわとり）の頭のような赤い花のことだ。その花で、紙や布を染めることもできる。女房たちが秘密の話でもするように、韓藍の女の名前を言うことがあって、そんなときはいつも、母が韓藍で染めた紙を、難しい顔で眺めていたのを憶えている。

だが、あの女が、その韓藍の女だと知ったのは、後になってからのことだった。

――あの日はいまにも雨が降りそうに曇っていて、いやに蒸し暑かった。

自分は、簀子に出て葛葉と人形で遊んでいた。

何故、誰も気づかなかったのだろう。

いつのまにか、庭先に女が立っていた。

長い髪はもう何日も櫛（くし）を通していないかのように乱れ、顔は青白く、げっそりとやつれ、着ている衣は色あせて、ところどころが擦り切れて――そして、二つか三つの幼な子を連れていた。

子供の目にも、異様だと思った。……風体ではなく、その形相が。

葛葉が悲鳴を上げて、奥に逃げこんだ。それを聞いて出てきた淡路も、驚いて人を呼びに行った。

自分は、一歩も動けずにいた。

女の血走った眼が、瞬（まばた）きもせず、自分を見ていた。

目が逸（そ）らせなかった。恐ろしさに膝が震えて、立ち上がることもできない。

女は色あせた小袿の裾を引きずりながら、まっすぐこちらに歩いてきた。奥から出てきた女房たちが、何か口々にわめいていたが、自分は女の目に捕らわれたまま、ただそこに座りこんでいた。

――おまえが、あの女の娘か。

女は、かすれた声でそう言った。あの女が誰のことか、とっさにはわからなかった。

――殿は、いずこか。わたしが逢（あ）いに来たと言え。

殿といえば、父のことしか知らなかった。しかし父は、まだ帰っていなかった。

女はどんどん近づいてきて、階（きざはし）を上り始めた。

背後で女房たちが、姫、姫と、自分を呼んでいた。呼んでいたが、どういうわけか、誰も助けにはきてくれない。皆、女の鬼気迫る様子に恐れをなしていたのだろう。

――姫……か。

女の頬が、引きつった。笑ったのかもしれない。

——おまえは姫と呼ばれ、わたしの娘は捨てられるのか。

あえぐようにそう叫び、女が手を伸ばした。

枯れ木のような細い指が、自分の着ていた袙を摑んだ。女の表情が、痛みに耐えているかのように、苦しげに歪む。

——許さない。……そんなことは、許さない。

怖いのに、目を閉じることも、耳を塞ぐこともできない。

袙を摑む手に、引きずり下ろされそうだった。

誰か助けて——

そう思ったとき、女が激しく咳きこんだ。真っ白な袙に、ぽつぽつと無数の赤黒い染みができる。背後の悲鳴が、ひときわ大きくなった。

のろのろと顔を上げた女の、さっきまで紫色だった唇は、紅を塗りたくったように赤くなっていた。

赤い唇が、言葉を紡ぐ。

わたしの娘を見捨て、不幸せにしたなら、許さない。

おまえ自身も、おまえに関わるすべてのものも、何もかもを滅ぼしてやる。

その言葉は、まるで、遠い遠い天の上から聞こえてきたように、耳に響いた。

意味はまったくわからなかったが、何か、とても恐ろしいことを言われたのだということは、よくわかった。

ただ呆然としていると、女が再び咳きこんだ。袙がどんどん血に染まっていった。見ると、自分の両手の甲にも、赤いものが散っていた。

……血が。

そのときようやく誰かが駆けつけてきて、自分と女を引き剥がした。我に返って振り向くと、それは真っ青な顔をした乳母だった。

女は階の中ほどまですべり落ち、そこでぐったりと動かなくなった。

――かあさま。

舌足らずな可愛(かわい)らしい声がして、幼な子が倒れ伏した女のもとへ走り寄り、その背にすがりついた。

気づいたのは、そのときだった。

女の着古した小袿は――韓藍で染められていた。

詞子は、静かに目を開けた。

韓藍の女。

呪いの言葉を残して息絶えた——艶子の母。

いまでは自分を産んでくれた母の面差しさえうまく思い出すことができないというのに、鬼気迫る韓藍の女の顔は、どんなに忘れたくても記憶から消し去ることができない。

やつれ果てた、恐ろしい、それでいてひどく哀しい——

「……」

あの呪いは自分に向けられたものだ。女の目は、間違いなく自分を見ていた。だから皆、自分を恐れた。呪いに関わることを恐れ、怯え、離れていった。……実の父親でさえも。

いまとなっては、頼れるのは淡路と葛葉だけ。でも本当は、二人とも離れたほうがいいのだ。いつまでも自分に縛りつけておいてはいけないのに。

「ね、瑠璃。……わたくしは、誰とも関わらずに生きてゆくほうがいいのにね」

くつろいでいた黒猫の尻尾が、小さく動いた。

「……そうなのよ。決して幸せにはなれないのなら、誰も巻きこまずに……」

独り言ちた詞子に、瑠璃が潰れたような声でうめき、ごろりと転がって、不機嫌そうな金色の目で詞子を見上げてきた。

「あら、ごめんね。起こしてしまったわね」

そう言ったところで、別に起こされたから機嫌が悪そうなのではなく、この猫の目つきが悪いのは生まれつきである。二年前に艶子の飼い猫が八匹の子猫を産んだが、そのうち二匹は器量が悪いからと、艶子が詞子に押しつけてきた。せめて名前ぐらいは美しくしようと、瑠璃、玻璃と名付けたが、無愛想な顔は相変わらずだ。

瑠璃があたりを見まわしているので、詞子は御簾の隙間をそっと手で広げてやる。

「玻璃なら外よ。庭にいるんじゃないかしら」

返事をするようにひと声鳴いて、瑠璃も外に出ていく。だが瑠璃は兄弟の姿を捜すのではなく、階を下りたあたりに腰を落ち着け、天を仰いだ。

満開の、枝垂れ桜があった。

淡い紅色に包まれた枝が、水底にたゆたう藻草のように、ゆらゆらと風に揺れている。

「……花は、変わらないわね」

自分はあのころと、こんなにも変わってしまっているのに――

瑠璃が振り返り、またひと声鳴いた。一緒に花見をしようと誘われているようでおかしくて、詞子はくすりと笑う。

「駄目よ瑠璃。わたくしは、もう軽々しく庭に出られる年じゃないのよ?」

しかし瑠璃はなおも鳴いて、短い尻尾をしきりに振っている。

花はまさに、いまが盛り。

「……」

都の中ではない。……喧騒からは、遠い場所。

周囲には人家らしいものもなかった。小さな寺や、僧侶が暮らしていると思われる庵が、幾つかあっただけ。

詞子は、そっと立ち上がった。

……ちょっとだけ。

御簾の内からではなく、もっと近くで花が見たい。

小袿の裾を持ち上げ、詞子は御簾を押した。


「安芸守の姫君も駄目だったんですか?」

容赦ないひと言に、雅遠は剣呑な顔で乳兄弟を振り向いた。

「まだ駄目と決まったわけじゃない」

「でもその御様子だと、限りなく駄目な方向に近づいてるわけですよね」

「……そんなことないっ。今度のは、そんなに悪い対応でもないんだ。が……」

雅遠は文机（ふづくえ）に向き直り、しばらく料紙（りょうし）をにらんで唸っていたが、とうとう筆を投げ出した。

「あー、やめだやめだ！　なんっにも思いつかん!!」

「そこで投げたらますます駄目でしょう」

「思いつかないものはしょうがないだろ。おい、保名（やすな）。おまえ夜までに一首詠んでおけ」

「私がですか!?　嫌ですよ！　そんな、雅遠様に差し上げられるような気の利いた歌があれば、自分で使ってます！」

「ったく……誰だ、恋をするには歌を詠めなんていう決まり事を作ったのは」

ぶつぶつ文句を言いながら、雅遠は手早く硯箱（すずりばこ）を片付けてしまう。

「そんなに毎度苦心されるのでしたら、兵部卿宮にお願いしてはいかがです？　あの御方なら、恋歌（こいうた）を詠むくらい、爪を切るよりたやすいことでしょう」

「……もう頼んだ。だいぶ前に」

「そうだったんですか？」

「で、それを四、五人に使いまわした」

「……」

「そうしたら、どこからかその話が漏れてな。ますます笑い者になった」

保名はさも頭が痛そうに、額を押さえた。

「雅遠様……。もう観念して、おとなしく御父上（おちちうえ）に結婚相手を決めていただいたほうがよろしいのではないですか」

「絶対嫌だ。父上の選んでくるのはな、どれも教養があって、歌集を全巻暗記するようなのばっかりなんだ。そんな女と一生付き合わなくちゃならないなんて、背筋が寒くなる」

仮に結婚相手が自分の苦手な女だったら、世間並みに、他に恋人を作るなり時機を見て別れるなりしてしまえばいいだけのことだと思うが――と、保名は口には出さないまでも、首をひねる。少なくとも、左大臣の嫡子という地位があれば、そのくらいは不可能ではない。

もっとも、そういうことに考えが及ばないところも、どこまでも世の公達とずれている雅遠らしいのだが。

「……どこかにいるといいですねぇ、雅遠様にお似合いの、歌の嫌いな姫君が」

「おまえもせいぜい祈っててくれ」

雅遠は、狩衣（かりぎぬ）の裾を無造作にさばきながら腰を上げる。

「どちらに？」

「馬でひとまわりしてくる。こういうときは、走るのが一番だ」

「日が沈むまでにはお戻りになって、ちゃんと安芸守の家に行ってくださいよ。たとえ歌が詠めていなくても、続けて通わないと誠意がないと見られて、本当に駄目になってしまうんですから……」

「あー、わかってるわかってる」

追ってくる乳兄弟の声に軽い返事をして、雅遠は背を向けたまま、ひらりと手を振った。

わかってはいる、のだ。

別に女が嫌いなわけではない。ちょっと垣間見て、悪くはなさそうだと思った女もいる。だが、世の中にならって恋歌を贈ると、間違いなく笑われたり呆れられたりするので、そこでもう、気持ちが萎えてしまう。

……どうせ俺は、恋に向いてないんだ。

歌を詠むのが苦手だというのもあるが、そもそも世間の男どもが、話したこともない、それどころか会ったことも、ろくに顔を見たこともない女に、どうやったらあそこまで入れこむことができるのか、そこが不思議でならないのだ。

あそこの家の女は美しいらしいと噂が立てば、皆がその女の気を引こうと殺到する。つられて自分も見にいって、こっそり顔を拝むことに成功してみれば、どこにでもいるような女だった——ということも、何度かあった。そうなると、噂も当てにならない。

……恋なんか、つまらん。

馬の歩みが止まって、雅遠は我に返った。いつのまにか、鴨川沿いまできている。これからどこに行くのかというふうに、愛馬が首を大きく振った。

「ああ、ぼんやりしてた。悪かったな、玄武(げんぶ)」

玄武は雅遠自慢の、黒毛の駿馬(しゅんめ)だ。せっかく気晴らしをするために出てきたというのに、考え事など、もったいない。

「いい天気だ。——五条(ごじょう)から川を渡って、山桜でも見に行くか」

雅遠は気の向くまま、橋を渡り上流のほうへと愛馬を走らせた。このあたりは庶民の住まいや寺、貴族の別邸などが点在しているが、やはり街中よりは静かだった。

風は少し冷たいが、陽射しはあたたかく、気持ちがいい。馬の足も軽く、山のほうまで行くうちに、また川が現れる。

雅遠は手綱(たづな)を引き、歩を緩めた。——白川(しらかわ)だ。

そういえば、白河には当分近づかないほうがいいと、誰かが言っていたが。

……鬼姫、ねぇ。

雅遠は馬上で、苦笑する。その姫君が本当に鬼を呼び寄せたというのなら、どうやって呼ぶのか、むしろ見てみたいものだ。

どこからか飛んできた、小さな桜の花びらが一枚、雅遠の萌黄(もえぎ)色の狩衣の袖に張りついた。近くで咲いているのだろうか。

橋を探して川を渡り、道なりに進んでいると、ふいに白っぽいものが物陰から飛び出してきて、雅遠は慌てて馬を止めた。

猫だ。白地に黒い模様があり、ふてぶてしい面構(つらがま)えで、行く手を遮るように道の真ん中に立っている。

「……何でこんなところに……」

雅遠は馬から下りて、まじまじと白黒の猫を見た。猫は普通、屋内で、繫いで飼うものだ。外で見かける生き物ではない。どこからか逃げてきたのでなければ、こんなところで遭遇することなどあり得ないのだが。

猫は面食らっている雅遠を見上げると、まるで一緒に来いと言っているかのように、先に立って歩き始めた。つられて雅遠は、馬を連れて後からついていく。

周囲をよく見ると、道の先に朽ちかけた築地が続いていた。ちょっとした大きさの屋敷があるらしい。もしかしたらこの猫は、ここで飼われているのだろうか。だとすると、この屋敷には誰かが——

「あ」

猫が築地の角を曲がり、その先にある門から中へ入っていった。

門構えは悪くない。身分のある誰かの別荘だろうか。門前で逡巡していると、さっきの猫が、自分を待っているように立ち止まり、こちらを振り返っている。

「……」

雅遠は築地の脇に生えていた立ち木に馬の手綱を結わえ、思いきって門の内に足を踏み入れた。——見渡す範囲には、誰もいない。

少し寂れたふうだが、対の屋があり、車宿も中門もある。これなら四位以上の貴族の別荘と言ってもいいくらいかもしれない。しかし、そのくらいの身分の者が住んでいるなら、誰かが出てきてもよさそうだが。

いーっ、と妙な声で、猫が鳴いた。雅遠を促すように、しきりに尻尾を振っている。

「おい。……まさか、おまえがこの家の主じゃないだろうな？」

白河には猫の御殿があった——などと、話の種にしても面白いだろうか。雅遠は猫に誘われるまま、中門をくぐった。

「……」

頭を上げた途端、視界が桜色に染まる。

花。

色鮮やかな、見事な枝振りの、大きな枝垂れ桜。

地につくほどに伸びた枝は、花が咲いていなければ、柳と見まがうかもしれない。

……桜の、雨だ。

まるで花が、天から降り注ぐようだった。雅遠は二歩、三歩と枝垂れ桜に近づき、しばし呆然と桜を見上げていた。

見上げていて――それで、しばらく気づかなかった。

目の隅に映った、白と赤花の、桜襲（さくらがさね）の衣の色に。

「……」

強い風が吹き、桜の幕を翻（ひるがえ）す。

女がいた。

目が合った。

黒目がちな瞳が、どこかぼんやりと、こちらを見ていた。

まさかこんな明るい日の下で若い女に出会うとも思わず、驚きのあまり、雅遠もとっさに動くことができなかった。

ただ、桜の枝だけが、ふたりのあいだで揺れている。

と――突然女がはっと目を瞬かせ、桜の花に似た小さな唇を開いた。

「あ……」

たったひと言、それだけ発した女の白い頬が、さっと朱に染まる。

女が踵を返して後ろ姿を見せたところで、雅遠も我に返った。

「あ、ちょっ、待っ――」

思わず手を伸ばした雅遠の足元で、何かが低く唸る。見るとさっきの白黒とは違う、全身真っ黒の猫が、いまにも飛びかかってきそうな体勢で、こちらを見上げていた。

「な、何……あ、おい」

途惑(とまど)いながらも女の姿を目で追うと、女の長い髪と桜襲の裾が、御簾の中に消えようとしている。だが、黒猫の気迫に邪魔されて、一歩を踏み出すことができない。しかも門のほうから、玄武の鋭いいなきが聞こえた。

「……っ」

舌打ちして、雅遠が門のほうへと駆け戻ると、玄武の顔のあたりを蜂が飛びまわっていた。それを嫌がって鳴いたらしい。愛馬をなだめて再び門を振り返ると、さっきの黒猫が、門前にどっかりと腰を据えている。

「何なんだ。俺を入れたいのか、入れたくないのか、どっちなんだ」

思わずそう話しかけると、黒猫はふんと鼻を鳴らし、さっさと帰れとでもいうかのように、前足を二度振った。……可愛げがない猫だ。

雅遠は軽く息を吐き、首の後ろを掻いた。

ぶち猫に招待され、黒猫に追い出されてしまった。別に猫が怖いわけでもないので、もう一度中に入ろうと思えば入れないことはないが、どこの誰の屋敷かもわからないのに、二度踏みこむのもはばかられる。しかも、家の者と顔を合わせてしまった。

「……」

年は十五、六くらいだったろうか。ちょっと見たところ、いい家の姫君のように見えたが、避暑の時季でもなし、こんなひなびたところに、どこぞの姫君がいるなんて、意外だ。

そこまで考えて、雅遠は玄武の手綱を解こうとしていた手を止めた。

いたはずだ。

ここは、白河。

従三位の上達部、二条中納言の別邸に、その大君が。

「……鬼姫……？」

まさか。

雅遠は築地越しに見える屋敷を振り仰いだ。風が吹き、周囲の木立がざわりと騒ぐ。

黒猫が門の前で、じっと挑むように、雅遠を見据えている。

「嘘だろ……」

花見の宴で聞いた噂は、白河の鬼姫は特に美人でもない、それどころか何かに呪われていて、鬼が呼べるような恐ろしい姫君だというものだった。だが、ついさっき見た女は、色が白くて小さくて、やさしい顔立ちをしていた。鬼にはほど遠い。

……誰なんだ？

こんなとき敦時ならば、すぐに正体を尋ねる歌のひとつでも詠んで、置いていくだろう。しかし自分には、そんな気の利いたことはできない。上の句ひとつすら浮かばない。それなのに、このまま帰るのもすっきりしない。

鬼か、人か。――あれが鬼なら、顔を合わせた自分も呪われるのか。

……何に？

そんな話は聞かなかった。ただ、皆が勝手に怯えていただけで。

そもそもあの小さな姫君が、鬼だの呪いだのに関わりがあるようにすら見えなかった。あれが本当に鬼姫なら、やっぱり噂なんか、当てにはならないということだ。

「……」

雅遠はあたりを見まわし、築地に沿って点々と菫が咲いているのを見つけると、ひとつ摘み、それを持って黒猫の前にしゃがんだ。

「そんなににらまなくても帰る。黙って入った詫びだ。さっきの姫君に渡してくれ」

黒猫はまだ胡乱な目で雅遠を見ていたが、差し出された菫の花を器用に口にくわえて腰を上げる。

「相手を間違えるなよ。桜の下にいた姫君だぞ」

余計なお世話だと言いたげに雅遠を一瞥し、黒猫はのっそりと門内に戻っていった。可愛げはないが、頭はいいのかもしれない。

「……帰るか、玄武」

そういえば、日が沈むまでに戻れと保名に言われていたのだ。そろそろ帰らなくては。

雅遠は何となくそこに心を残しながら、愛馬にまたがった。

……何てこと……。

御簾の中に駆けこんだ詞子は、廂に突っ伏して袖で顔を覆っていた。胸が痛いほど鳴っている。うまく息もできない。

誰もいない、いるはずもないと油断して、外に出てしまった。ちょっと桜を眺めて、すぐに中に入るつもりが、間近に行くと、やはり御簾の内から見るよりはるかに美しく、つい、時を忘れた。

油断した罰が当たったのだ。……見ず知らずの男に、はっきりと姿を見られてしまった。

女がむやみに人前に顔をさらすのははしたないことだと、いくら世間から遠ざかって久しくとも、それくらいは承知している。ここが人里から離れていても、わざわざ廂を御簾で覆っているのは何のためか。

……自分から出てしまったら、何の意味もないじゃないの。

男も驚いただろう。ここが中納言藤原国友の別邸と知れたら、中納言の娘は何ともはしたない、とんだ恥知らずだと噂を立てられるに違いない。それが本邸の者たちの耳に入ったら、また嘲り(あざけ)の種になってしまう。

「どうしよう……」

せめてあの男が、言いふらさずにいてくれることを祈るしかないが——

傍ら(かたわ)で独特の泣き声がして、顔を上げると、いったい何をそんなに落ちこんでいるのかといったふうに、玻璃が首を傾げてこちらを見ていた。

「だって……どうすればいいの」

いまさらどうもできないのだが、どうにかしなくてはいけない気がして、訳もなく焦る。

そういえば、あの男はどうしたのだろう。まだ庭にいるのだろうか。

恐る恐る振り向いたが、御簾越しに見える範囲には、すでに誰の姿もなかった。かわりに瑠璃が簀子に上がってきて、小さな額で御簾の隙間をこじ開けようとしている。

「……瑠璃？」

瑠璃が、何かを口にくわえていた。御簾を少し上げてやると、瑠璃は首を詞子のほうに伸ばし、くわえていたものを落とす。濃い紫の、何か。

指先で拾い上げてみると、小さな菫の花だった。

……あ、かわいい……。

どこに咲いていたのだろう。

持ってきた瑠璃は、花になど興味なさそうに、また腹を出して寝そべっている。瑠璃も玻璃も、外から花を拾ってきたことなどない。しおれてもいないこの花は、おそらく、たったいま摘まれたもの。

……もしかして、さっきの……。

鮮やかな桜の中で見た、萌黄の狩衣が、目に蘇る。

まだ若かった。自分と同じくらいかもしれない。見上げるほど背が高くて、まっすぐこちらを見た目が印象深い、はっきりした顔立ちをしていた。

……悪いひとには、見えなかったけど。

小さな菫を眺めているうちに、次第に気持ちも落ち着いてくる。どんな意味があって、あの男が瑠璃に花を託したのかはわからないが、迂闊さを慰めてくれているような気がした。

詞子は、ようやくほっと息をつく。

このことは内緒にしておこう。淡路と葛葉に話したら、叱られてしまう。いまのうちに風に乱れた髪を直して、袿の裾についてしまった砂を払わなくてはならない。

……その前に。

詞子は部屋の中に戻り、硯箱の蓋を開け、中にそっと、菫の花を入れた。

日暮れ近くに屋敷へ戻ったとき、門内の車宿に、どこかで見た牛車が止まっていた。

牛車の周りにたむろしている従者たちも、見覚えのある面々だ。しかも雅遠が通り過ぎると、揃って小馬鹿にしたような目を向けてくる。

……嫌な予感がする。

悪いときに帰ってきてしまった。……異母弟の利雅が来ているのだ。

父に用事があったのなら、寝殿を訪ねているはずだと思い、雅遠はあえて建物を通らず、庭から自分の暮らしている西の対に戻ろうとした。

利雅は、あまり顔を合わせたい相手ではない。何故なら——

「おや……これは兄上、いまお帰りですか」

階を上がる前に、頭上から、男にしては幾分高めの声が降ってきた。

誰がそこにいるのか、見なくてもわかる。

雅遠がゆっくり背筋を伸ばすと、きちんと直衣(のうし)を着こなし、扇で顔を半分隠した、色白で細面(ほそおもて)の男が立っていた。

「……久しぶりだな、利雅」

「ええ。御無沙汰しております。兄上には、お変わりございませんようで……」

切れ長の目を細めると一見笑っているようだが、自分に向けられたそれは、冷ややかだ。いつも小声で早口にしゃべるくせに、兄上、という部分だけを妙にはっきりと発音するのも、気に障(さわ)る。雅遠は小さく舌打ちして、沓(くつ)を脱いだ。

「そうだな。別に何も変わってない」

「ええ。本当に兄上はいつもお元気そうで、うらやましい限りです。私は五位蔵人(ごいのくろうど)に任じられましてから、少し痩せてしまいましたよ。何しろ私のような若輩者(じゃくはいもの)が五位蔵人など、光栄なこととは存じますが、たいへんな重責でございますから……」

「だろうな。よく食ってよく寝ることだ」

兄上と呼ぶとき同様、五位蔵人の部分をやけに強調した言葉を聞き流して、雅遠は異母弟の横を素通りし、無造作に御簾をはね上げて部屋に入った。いつもはもっと奥にいる女房たちが顔を揃え、意味ありげな眼差しで利雅を眺めている。

「ええ。ですから今日も、父上にお役目の心構えなどを伺いにまいりました。父上も蔵人から御出世なさっておりますから、先人のお言葉は身にしみます」

「そりゃよかったな。——で、俺にまで何か用があるのか？」

雅遠が荒っぽく畳に腰を下ろすと、利雅は御簾の隙間から無駄のない動作でするりと中に入ってきて、立ったまま雅遠を見下ろした。

「ええ。実は読んでみたい書物がございまして、兄上がお持ちでしたらぜひお借りしたいと思いまして。以前に明法博士をしていた中原某が、家の子孫のために記したという『中家要集』というものなのですが、これがとても素晴らしいという噂がありながら、肝心の中原の家にも残されておらず——」

「持ってないな」

雅遠は得意げに語る利雅を遮り、自分を見下してくる目を、あえて、ひたと見据える。

「明法道の書だろ。そんなに貴重な書物だったら、坂上や三善の家を当たってみるんだな」

「お持ちではございませんか……」

わざとらしいほどに落胆した様子で首を振っているが、どうせ雅遠がそんな書物の存在すら知りもしないことを、百も承知で言っているのだ。そういえば、宮中で話題の歌集を貸してくれないかと、訪ねてきたこともあった。もちろん雅遠の歌嫌いを知ってのうえだ。

「それは残念です。兄上ならばと一縷の望みを持ってまいりましたが、仕方ありません、他を探しましょう。今日はこちらの美しい女房たちの顔を見られただけで、満足して帰らなくてはなりませんね」

集まっていた女房たちが、まぁ、とか、きゃあ、とか、おかしな声を上げ、その薄気味悪さに、雅遠は思わず身震いしてしまう。

「私は本当に兄上がうらやましいですよ。宮仕えの気苦労もなく、父上から過度の期待をされることもなく、こうして華やかな女房たちに囲まれて暮らせるなんて……」

「あーそうだな。おまえは大変だな」

「ええ。せっかく五位蔵人に任じられたとはいえ、あの忌々しい右大臣の息子などは私より先に頭中将に出世しておりますから、何としてもその地位に追いつき、いえ、次の除目ではいっそ近衛中将、衛門督あたりを、五年のうちには参議を目指せと父上も仰せでございますから、なおいっそう勤めに励みませんと……」

「そうかそうか。ますます大変だな」

物心つくかつかないかのころから、母の違う弟の話は、何かにつけて父親から聞かされてはいたものの、一緒に暮らしたことはない。それどころか、初めて顔を合わせたのも、昨年の秋、利雅が五位蔵人に任官された挨拶にこの屋敷を訪れたのが最初だったので、話をしたのも数えるほどしかないのだが、何しろ利雅は初対面からこの調子で、丁重なのか嫌みっぽいのか、雅遠はとても途惑ったわけだが。

……嫌みだ。間違いなく。

よくしゃべるこの鬱陶しい異母弟を一刻も早く追い返す方法は、ひたすらどうでもいい相槌を打つに限ると、最近ようやくわかってきた。

「ええ。おやさしい兄上でしたら、きっと私の苦労をおわかりいただけると思っておりました。本当に私は、お役目もなく気ままに暮らしておいでの兄上がうらやましい。しかし、この苦労を享受し、少しでも早く出世しなくてはならないのも、左大臣の子として生まれた私のさだめなのでしょう。何もかも源氏の家のためと思い、五位蔵人の職務を勤め上げたいと存じます」

「あー、頑張れ頑張れ」

扇の陰でうやうやしくうなずきつつも冷めた笑いを浮かべる利雅に、雅遠は脇息に肘をつき、ほとんど自棄で棒読みの返事をする。そこに女房たちが、一斉に雅遠を責める声を上げた。

「まぁ、何という気のないお言葉……」

「せっかく利雅様がお訪ねくださいましたのに、あんまり無作法ですわ」

「若君様ももう少し、利雅様を見習いなさいませ」

傍目には丁重な態度の利雅を、雅遠がぞんざいにあしらっているようにしか見えないのだろう。いや、実際そうではあるのだが——

「ああ、みんな、何を言っているのだ。兄上は私を励ましてくださっているではないか。ほら、そんなに怒った顔をしないで……」

利雅はすかさず女房たちを振り返り、一人一人に寂しげな微笑を向ける。一瞬前の、自分への冷笑が嘘のようだ。雅遠から見ると、この白々しさは不気味という以外にない。

女房たちの非難の眼差しに、雅遠は面倒くさそうにため息をついて、言い直した。

「あー……おまえも大変だろうが、ま、それなりに頑張れよ。俺はこれから、また出かける用事があるから……」

「ええ、おいとまします。兄上はどうぞお元気で……」

わざとらしく腰を折りながら、去り際の一瞥には、あからさまな侮蔑が含まれている。これも、いつものことだが。

いつも優美な御方、何て物腰の美しい……などと、感嘆のささやきとともに、女房たちは、こぞって利雅の見送りに立っていき、この対の屋の主は、独り、部屋に残された。

近衛中将、衛門督、五年のうちには参議――

何とか頭の悪さが目立たないように出世できないものか、くらいにしか言われない自分とは、大違いだ。……そう、確かに、父からは何の期待もされていない。もっとも、期待されたところで、利雅のようにふるまえるわけでもないが。

……あの口の上手さも出世に必要だっていうんなら、俺には無理だな。

子供のころ、どれほど頑張って勉強しても、父親の話に聞く会ったこともない弟は、常に一歩、いや十歩も二十歩も先を進んでいた。そして、いま直接会ってみれば、世渡りは百歩も二百歩も先を行っているのが、よくわかる。

間違いなく、左大臣の息子に必要な素質を持っているのは、利雅のほうだ。利雅にも、その自覚は充分にあるのだろう。扇の裏から見え隠れする敵意は、自分こそが跡取りにふさわしいと物語っている。

もう一度ため息をついて、雅遠は立ち上がった。

「……安芸守の家に行くんだったな」

女房たちが戻ってきたら、きっと几帳の陰で、仕える主の不甲斐なさを嘆くに決まっている。その前に出かけてしまおう。

恋歌を携えて女のもとへ通うのも、女房たちの陰口を聞くのも、どちらも気重なことに変わりはないが、外にでも出ているほうが、少しはましな気がした。

雅遠が安芸守邸の庭に入ると、まだ宵のうちだというのに、燈台にも燈籠にも火が入れられ、御簾の内がやけに明るくなっており、中の様子が丸見えになっていた。これではいくらこっそり近づいても、絶対に誰かに見つかるだろう。

……行きづらいな。

廂に女房が数人。少し奥の几帳の陰にいるのが安芸守の娘だろう。声高におしゃべりするのが聞こえてくる。こんな中を訪ねろというのか。それとも、まだ男が訪ねてくる時間でもないと思っているのか。

しかし、いつまでも庭の隅に潜んでいるわけにもいかない。結局新たな恋歌は思い浮かばず、以前に敦時に作ってもらった使いまわしの歌をしたためた紙を手に、意を決して女たちのほうへと向かおうとして——聞こえた会話に、踏み止まった。

「……ですが、あれでも一応、左府様の御子息ですしねぇ……」

左府とは左大臣のこと。その息子、つまり自分の話題だ。

「でも、跡を継ぐのは弟君なんでしょ？　蔵人の」

「えーっ、じゃあ、そちらのがいいじゃありませんかぁ」

「それでも左府様の子には違いないんじゃございません？　いまは無官でも、あと何年か我慢すれば、それなりの地位にはなりますわよ」

「左府様の御子息でも、出世しないんじゃねぇ……姫様、先が危ぶまれますわよ」

「それにしても粗野な方ですが」

「ねぇ、まったく。女のもとへいつも狩衣のままで来るなんて、あの方ぐらいじゃございませんこと？」

「そのうえ歌のほうも、まぁ、あれですけど……ねぇ？」

耳を刺すような笑い声。

歌を記した料紙は、いつのまにか手の中で握り潰されていた。

「それはもう、仕方ないわねぇ」

奥のほうから、若い女の声がした。鼻を塞いだような声だ。

「このさい歌の下手さには目をつぶって、先に進めるしかないわ。お父様からも、どんな武骨者(ぶこつもの)でも左府の子には違いないから、うまくやれと言われているしねぇ……」

……何だ。ちょっと愛想がいいと思えば、やっぱりそんなことか。

雅遠はぐっと唇を引き結び、鼻から大きく息を吐き、力強く一歩踏み出した。そのまま明るいほうへ、わざと足音を立てながら歩いていく。誰かがあっと叫び、会話が途切れた。

階の手前で立ち止まり、雅遠は御簾の向こうをにらんだ。どの女房も、奥の安芸守の娘も、扇で顔を覆い、こちらを見ようとしない。気まずい沈黙は、いまの話は当人には聞かせられないものだったと、認めている証拠だ。

雅遠は握りしめていた料紙を無言で引きちぎり、叩きつけるように投げ捨て、踵を返した。荒々しく砂利を蹴りながら庭を出て、愛馬にまたがり鞭をくれる。

これが恋なら――こんなことが恋だというなら、もうたくさんだ。

結局、どこでも同じなのだ。……どこに行っても自分は、出世しないほうの左大臣の息子としか見られない。

雅遠は歯を食いしばり、荒ぶる心のまま、滅茶苦茶に馬を走らせていた。このまま家には帰りたくない。帰ったところで、また駄目だったのかと、女房家人らにまで笑われるだけ。

玄武がいななき、首を大きく振った。はっと我に返り、慌てて手綱を引く。

川の流れる音が聞こえていた。鴨川ではない。そういえば、さっき橋を渡った気がする。あれが鴨川だったとすれば、ここは――

宵闇に目を凝らすと、昼間見たばかりの景色に似ていた。

木立のざわめきに、鮮やかな枝垂れ桜を思い出す。

桜の雨。……小さな姫君。

……そういえば、声を聞いたな。

あ——と、ただそれだけだったが、鈴を転がしたような、澄んだ声だった。……思い出すと、さっきの耳を引っ掻くような不快な笑い声が消えていくような気がする。

いつのまにか、白川の橋を渡っていた。

月の明かりは頼りないが、夜桜は見られるだろうか——

細い指が袙の裾を摑んでいる。いまにも折れそうな、枯れ木のような指なのに、布を引きちぎらんばかりの凄まじい力だった。

怖い。逃げたいのに、足が震えて立つこともできない。

目の前には、女の頭があった。長い髪。苦しげに肩で息をしている。それでも袙を摑む手は、放そうとしない。

女が呟きこんだ。赤黒いものが、白い袙に散る。

ゆっくりと、女が顔を上げた。

血塗れの唇が、言葉を紡ぐ——

詞子は塗籠(ぬりごめ)の中で横になりながら、じっと暗闇を見つめていた。

目が覚めてしまった。……あの夢を見てしまったら、もう、その夜は再び眠ることなどできない。いつもそうだ。いつまで経っても、あの夢には慣れない。

鬼と呼ばれることには慣れた。怯えの目にも蔑みの言葉にも、十二年さらされ続ければ、もはやどうとも思わない。痛みは、いつか鈍る。

ただ、記憶だけが、慣れてくれない。

この世の片隅で、ひっそりと平穏に暮らすことを望んでいるだけなのに、あの日の恐怖がときおり夢に現れて、己の宿命を思い知らせていく。

……仕方がないわ。

きっと自分は、前世で何か悪行をしでかしたのだ。そう思って諦めてきた。そうとでも思わなければ、いつか心が折れてしまう。

鼓動が幾分速い。大丈夫だと自分に言い聞かせ、詞子はそっと起き上がった。夜明けまで、まだ間があるはずだ。少し気を静めたい。

小袿を羽織り妻戸を開けると、戸の前に寝そべっていた瑠璃と玻璃が、すぐに顔を上げる。

静かだった。この寝殿には四方を壁に囲まれた塗籠が二つあり、いつも寝るときには詞子が東、淡路と葛葉が西の塗籠を使っている。西の塗籠の戸はぴったりと閉じられていて、二人ともよく眠っているようだった。

……別の場所で寝ていてよかった。

また夢にうなされたと知れれば、淡路も葛葉も心配する。どうにもならないことで、二人に余計な気苦労をかけたくはなかった。

詞子は手探りで、廂近くに置いてある燭台の灯りをひとつだけ点けた。小さな炎が、物の形をぼんやりと浮かび上がらせる。

ふと、文机の上の硯箱が目に入った。

そういえば——昼間から、あの中に花を隠したままだ。

あの後、淡路と葛葉の前ではどうにか平静を装ってはいたが、ともすれば男の面影が目にちらついて、内心ではひやひやしていた。

音を立てないように蓋を開けると、菫の花は、そこにちゃんとあった。

菫を手に、詞子は廂に敷いたままだった茵に座る。御簾の向こうには、朧に光る細い月と、夜風に揺れる桜の花。もう二、三日もすれば、花も散り始めるだろう。

「……」

夜桜と、手の中の菫。——花を眺めていると、恐ろしい夢の余韻が薄れていくようで、詞子はようやく、ほっと息をついた。

どこに咲いていた菫だろう。あの背の高い人が、こんなに小さな花を摘んだのかと思うと、何となく微笑ましく、つい笑みがこぼれた。

……本当に、かわいい。

もしかしたらあの人は、この近くのどこかに用があったのかもしれない。道に迷ったか桜に誘われたかして、入ってきてしまったのだ。顔を合わせてしまってこちらもびっくりしたが、あちらもさぞ驚いたはずだ。決まりが悪いのもお互い様だと思えば、ちょっと安心する。

たぶん、二度と会わない。……それなら、可愛らしい花をもらったことだけ、喜んでおけばいいかもしれない。

……まさかあの人だって、中納言の娘がこんなところにいるなんて、思わないわ。わたくしのことだって、ここの女房と思ったかもしれないじゃないの。

瑠璃と玻璃が近寄ってきて、詞子の膝元にくっついてうずくまる。春とはいえ、まだ夜は幾分寒い。詞子は二匹の背を、そっと撫でてやった。

もう少しあたたかくなったら……久しぶりに、染め物でもしようかしら。

色は、そう、この菫の花のような色がいい。紫草の根が、残っていたはず。夏の薄物に仕立てる布も、一緒に半色に染められれば――

突然、二匹の猫が弾かれたように起き上がった。詞子は驚いて手を引っこめる。

「……瑠璃、玻璃？」

瑠璃は短く唸り、玻璃はじっと御簾を見つめている。

何事かと詞子も腰を浮かせかけたとき、庭のほうで、微かに砂を踏む足音がした。

「……」

桜の下に、人影があった。

背が高い——こちらのほうが庭を見下ろすところにいるのに、それでもかなり、烏帽子のぶんを差し引いても上背があるとはっきりわかる、狩衣姿の。

詞子は袖で口を押さえ、どうにか叫び声を飲みこんだ。瑠璃がさっと御簾の隙間から駆け出し、玻璃はゆっくりと、その後を追う。

「あ、おまえ……うわ、こらっ」

瑠璃が人影に飛びかかった。昼間呼び止められたときと同じ声。間違いない。ここで顔を合わせたあの男だ。何故またここに来たのか——

詞子が呆然としているうちにも、瑠璃は男の狩衣の袖に嚙みつき、玻璃はどうしたものかと、その周りをうろうろしていた。……しまった。放っておいたら、瑠璃が袖を嚙みちぎりかねない。

「瑠璃、やめなさい」

小声で叱ると、瑠璃は袖を放したものの、不満そうに唸った。

「こちらへおいで。玻璃も、早く」

玻璃が素直に簀子へ上がり、瑠璃も渋々といったように戻ってくる。男が安堵のため息をつくのが聞こえた。

「すごい猫だな。犬と喧嘩しても勝てそうだ」

「申し訳ございません。お怪我はございませんか」

「大丈夫……」

男が、顔を上げた。

淡い月明かりと、御簾の内から漏れる灯りで、わずかながら表情が見てとれる。

はっきりした眉ときつく結んだ唇は勇ましい印象で、いかにも男らしく、詞子がこれまで見た誰より凜々しい顔立ちだったが、大きな目にはどこか愛嬌も感じられ、押し黙った様子は、利かん気の子供のようにも見えた。

しばらくまじまじと眺めてしまってから、相手も無遠慮なほどにまっすぐこちらを見ていたのに気づき、詞子は思わず顔を背ける。

「……勝手に入って悪かったな」

低く抑えた声は、静寂を邪魔するほどではなかった。

「遠乗りで、このあたりを通った。そこの前の道で、その猫に会って……猫を放し飼いにしているのも不思議だと思って、ついていったら、ここに……」

「……」

「見事な桜だ。あちこちで花見の宴を開いてるが、こんなに見事なのは、初めて見た」

そう言って男が桜を見上げ、ようやくその視線から逃れた詞子は、そっと胸を撫で下ろす。

「天まで届きそうだ。これだけ大きいということは、ずいぶん昔からここにあるんだな」

「……この家よりも、ずっと古くから、ここにございます」

男の口調があまりに無邪気で、詞子の肩から、少し力が抜けた。

「家よりも？」

「昔、わたくしの祖父がこの桜を見つけて……枝振りがよいのを気に入って、周りの土地を買って、花が楽しめるように屋敷を建てたのだそうです」

「へぇ……。いい見つけものをされたんだな」

男は再び詞子のほうを向くと、いきなりこちらに歩いてきた。詞子は慌てて袖で顔を隠しながら、どこかに置いたはずの扇を探したが、男はあっというまに、高欄のすぐ下までやってきた。

「別に顔を隠すことはないぞ。昼間見た」

「……お見苦しいところを……」

「見苦しいことなんかない。こんなに見事に咲いてるのに、簾の中から花見じゃ、つまらないよな。何なら、こっちに出てきたらどうだ？　夜桜もいいぞ」

「そんな――」

　思わず声を上げてしまい、詞子ははっと奥を振り返った。淡路と葛葉が起きた気配はない。

「……誰か、いるのか？」

「あ……女房たちが寝ておりますので……」

「ああ、起こしたら悪いな。おとなしくしてよう」

　男は首の後ろを掻いて、詞子を見上げた。

「そなたが出てこないなら、上がっていいか？　話が遠い」

「……え？」

　返事もしていないのに、男は沓を脱ぎ捨てるとさっさと階を上ってきて、御簾一枚を隔てただけの、詞子のすぐ近くに腰掛けた。瑠璃が威嚇するように、その周りをうろつく。

「番犬顔負けだな。忠義なのは感心だが、できれば引っ掻くなよ？」

「耳や尾を引っぱったりしなければ、たぶん、引っ掻かないとは思いますが……」

「たぶんか。おっかないな」

　瑠璃に歯を剝かれ、男は慌てて手を引っこめた。玻璃は男に構うことなく、少し離れたところに寝そべっている。

「ところで、ここは誰の屋敷なんだ？　そなた、ずっとここに住んでるのか？」

どうやらこの男は、遠まわしな物言いをしない性質のようだ。しかも庭を見まわしたり御簾の中に目を凝らしてみたり、興味を丸出しにしている。

「……お答えする前に、できましたら、あなた様がどこのどなたでいらっしゃるのか、そちらをお伺いしたいのですが」

「あ、そうか。押しかけてるのは俺のほうだったな」

男は座ったまま姿勢を正して、御簾越しに詞子に向かい合った。

「失礼した。——俺は源雅遠。父は左大臣の源雅兼だが、俺は若輩ゆえ、無官の身だ」

「……左府様の御子息、で、ございますか……？」

少し意外だった。着ているのは狩衣だが、布地はいいものに見えたので、それなりの身分の者かもしれないとは思ったものの、まさか左大臣の身内だとは。

黙りこんでしまった詞子に、左大臣の息子だという男は、眉を寄せ、唇を尖らせた。

「嘘ではないぞ。そうは見えないとは、よく言われるが」

「いえ、その……」

嘘かまことかと訊かれれば。

「……嘘をついておられるようには見えませんが、左府様の御子息とは思えませんでした」

「正直だな」

「こちらには、どなたかお供の方は……」

「遠乗りのときは、いつも独りだ」

「……少なくとも、このあたりは、左府様の御子息などという高貴な御身分の方が、お独りで来られるようなところではありません」

ああ、と言って、左大臣の息子は天を振り仰いだ。

「たしかに、静かだが何もないな」

「……正直ですね」

「でも、花があれば充分だ」

桜を見上げる横顔は、楽しそうだった。

「さっき——実に腹の立つことがあってな。このままでは眠ることもできないと思って、二度邪魔をした。来てよかった。桜は見事だし、人と話すと気が紛れる」

「……わたくしも、外の方とお話ししたのは、久しぶりです」

二条の本邸にいても、自分への来訪者などない。ごくまれに、宮仕えをしている叔母が、宿下がり（やどさ）の折に寄ってくれるくらいだ。ましてや男の客など、初めてのはずだ。

……思ったより、普通に話せる。

相手のほうに、遠慮するような素振りがまるでないからだろうか。

考えてみれば、挨拶もなく庭まで入ってきて、いきなり簀子にまで上がってくるなど、いくら身分ある者とはいえ、少々軽率な気がする。たしかこのあいだ、艶子にずっと恋文を送っていたというどこぞの役所の使部が、つれない返事に思い余った挙句、艶子の住む東の対の階を上がって、直接艶子に話しかけようとして、女房らにさんざん笑い者にされて追い返されたという話を聞いたが。

……追い返さないわたくしも、軽率なのかしら。

しかし、追い返さなくてはならないような雰囲気でもない。何より夢にうなされて起きていたのだから、気が紛れるのはこちらも同じだ。

桜を見ていた左大臣の息子が、詞子のほうに向き直った。

「それで?」

「はい?」

「俺は、名乗った」

「……」

艶子のところには、世の男たちからの恋文が、毎日のように届いている。しかし、自分のところには何ひとつ届かない。……その理由は、わかっている。

鬼姫。――呪われた娘。

恐れた東の対の女房たちが、二条中納言の大君という存在を隠した。もしかしたら、そういう娘がいるということぐらいは、世間に知られているかもしれない。だが、決していい噂にはなっていないはずだ。

詞子はうつむいた。膝の上に、小さな菫の花がある。

「……昼間、うちの猫が、菫を持ってまいりました」

「黒いほうだろう」

「やはり、あなた様でしたか……」

「勝手に入った詫びのつもりだった。こいつ、ちゃんと渡したんだな」

このひとは知らないのだ。呪われた娘の存在を。……そんな者がここにいると知っていれば、花など寄越さず、逃げ帰るだろう。いや、そもそも入ってこようとなどしない。

ゆっくりと、詞子は目を上げた。

御簾の向こうから、左大臣の息子が、まっすぐこちらを見ている。

「……わたくしは、中納言藤原国友の娘でございます」

「藤原の……」

知っていれば、きっと、すぐに逃げ帰る――

二度、大きく瞬きをして、左大臣の息子は、ぽかりと口を開けた。

「やっぱり、そなた、白河の鬼姫か」

今度は詞子が目を見張る番だった。

「御存じ……で……」

「噂で聞いた。鬼姫と呼ばれる二条中納言の大君が、白河に住んでいるとな」

「……」

「そなた、呪い持ちで鬼が呼べるらしいな。本当か？」

「……」

遠慮がないにも、ほどがないだろうか……。

詞子が呆気(あっけ)に取られているのも気にせず、左大臣の息子はまたしても興味津々な様子で、身を乗り出している。

「それを……そこまで御存じで……何故、ここに来られたのです……」

「だから、花見に」

「……鬼の住処(すみか)とわかっても、花見ができますか」

知らず体が強張(こわば)り、口調も険しくなる。

だが、左大臣の息子は、不思議そうに首を傾げた。

「そなた、鬼なのか？」

「……世間では、そう言っております」

「世間じゃなくて、俺はそなたに訊いてるんだが」

「……」

瑠璃と玻璃が、じっとこちらをうかがっている。

詞子は深く息を吸って、目を閉じた。

「鬼に……見えますか」

即答。

「見えない」

目を開けると、左大臣の息子が、今度は逆に首をひねる。

「俺は鬼というものを、一度も見たことがない。が、そなたが鬼なら、鬼など、世間が言うほど恐ろしくもないな。わざわざ年の暮れに鬼やらいをすることもない」

「……」

豪気なのか楽観的なのか、どっちだろう。

「おかしな話だな。そなたを見て、鬼らしいところなんかないのに、どうして鬼姫なんだ」

「……わたくしはただの人の子でございますが、呪いを持っていると知れば、やはり、鬼のように恐ろしく見えるのでしょう」

「どんな呪いを持ってるんだ？」

詞子は、そっとため息をついた。遠慮とか以前に、気遣いがないのかもしれない。

「それを聞いて、どうなさいます?」

「どうって……別に」

「わたくし自身が、昔、ある者から呪詛をかけられました。わたくしと関わりを持てば、あなた様にも災いがあるかもしれません。……花は、もうすぐ散ります。お帰りくださいませ」

半ば自棄でそう言うと、左大臣の息子は唇を尖らせたまま、しばらく何か考えこんでいた。

「……どうも、はっきりしないな。実際に俺の身に災いがあったわけでもなし」

「ですから、そうなる前に、と——」

「いままで誰に、どんな災いがあったんだ?」

「……」

もう、いちいち呆れるのも面倒になってきた。

「わたくしの母が……弟を死産しまして、母自身もすぐに亡くなりました」

「それは気の毒だったな。でも、そういうことなら、ときどき聞く話だ。俺の従兄も産後に北の方を亡くしてるし、伯母の一人も二度死産だった」

「……母方の祖父母も、その後に相次いで亡くなりました」

「気落ちされたのだろうが、天寿だったのかもしれない」

「皆は、それをわたくしの呪いのせいだと申しました」

「人はいずれ誰でも死ぬだろう」

「ですが――」

詞子は思わず、両手で額を押さえた。瞼の裏で、細い腕の女が顔を上げようとしている。聞いてはいけなかった言葉が、耳に蘇ろうとしている。

あれは、違う。天寿じゃない。あの女の――

「……悪かった」

記憶を遮り、すべりこんできた声に、ふっと、詞子は目を開けた。

「人には言いたくないことも聞かれたくないこともあるんだと、よく母や妹に叱られてたのを忘れてた。……すまん。いまのは忘れてくれ」

膝に手をつき、左大臣の息子が頭を下げていた。

「反省してるから、その……こいつらに、袖を放すように言ってくれないか」

「……え？」

よく見ると、瑠璃と玻璃が、それぞれ狩衣の右左の袖に歯を立て、すごい顔で唸っていた。

「ちょっ……瑠璃、玻璃、やめなさい」

「瑠璃と玻璃っていうのか？　どっちがどっちにしろ、名前に似合わず勇ましいな」

「黒いほうが瑠璃で、ぶちが玻璃です。……こらっ、いいのよ、もう」

詞子にたしなめられ、二匹はようやく口を離したが、瑠璃はなおも、毛を逆立てている。

「すみません。普段はどちらもおとなしいのですが……」

「俺が悪かったんだから、しょうがない。こっちの猫——玻璃か？　こいつも怒るんだな。俺は昼間、玻璃に誘われてここに入ってきたんだ」

「……玻璃のほうだったんですか」

それなら、玻璃は外に出てしまったということだ。やはり繫いでおくべきだったのか。

「おかげでこの桜が見られた。ま、後で瑠璃に追い出されたけどな」

「明日から繫いでおきます」

「繫がなくていいんじゃないか？　うちでも妹が一匹繫いで飼ってるが、あんまり紐が鬱陶しそうだったから、一回放してやったら、喜んで走りまわってたぞ。その後で捕まえるのに苦労したけどな」

「……妹君、怒りませんでした？」

「怒った怒った。三日ぐらい口をきいてくれなかった」

そう言って笑ってから、薄闇に見える御簾の向こうの表情が、ふと真面目になった。

「……なぁ、さっきの話はあれ以上訊かないが、これだけ言わせてくれ。俺はあまり、噂を当てにしないんだ。いや、実のところは噂に振りまわされてばかりなんだが、信じてかかると、大概、ろくなことにならない」

「……」

「今度のこともそうだ。鬼姫だと聞いて、どんな大女か、角でも生えてるのかと思えば、こんな小さな普通の姫君だ。やっぱり当てにならない」

だから——と言って、左大臣の息子は、ぐっと背筋を伸ばした。

「そなたの呪いとやらも、その災いがどんなものか、この目で見るまでは、疑ってお くことにする」

「……そんな」

何と無茶なことを言うのか。詞子は、頭を振った。

「災いが起きてからでは遅いのです。左府様の御子息ともあろう方が、そのような軽はずみなことを仰るものではありません」

あえてきつい口調でそう言うと、相手はむっとした顔で眉を寄せる。

「母の小言そっくりだ」

「お小言ではなく、忠告です。お母上様が同じようなことを仰っておいでてしたら、それはあなた様を心配しておられるからでしょう」

「心配してくれてるのか?」

「はい?」

「そなたも、今日会ったばかりの俺を心配して、そう言ってるのか?」

「それは──」

唇を噛んでうつむくと、左大臣の息子は横を向いたまま、目線だけをこちらに戻した。

「……もちろんです。わたくしはもう、どなたも巻きこみたくはありません」

「ふーん……」

曖昧な相槌の後、御簾の向こうの影は、しばらく黙していた。

桜が夜風に、静かに揺れる。

詞子はじっと、膝に置いた菫を見ていた。

「……寂しいな」

顔を上げると、左大臣の息子は、傍らにうずくまっている玻璃の背を、そっと撫でていた。玻璃は逆らわず、目を閉じている。

「そうやって人と関わるのを避けるなんて、寂しい」

「……避けなくてはならない宿命ですから」

「そう言わなくちゃならない、そのことが余計に寂しいだろ」

さっきまでの子供じみた口調ではなく、それは不思議に、この穏やかな夜にふさわしい声だった。

だから、だろうか。――ふいに目の奥が熱くなって、見えるものがにじんだのは。

「……女房が、ふたり、います」

「そうか」

「ずっと、一緒で……」

「うん」

「……本当は、ふたりも、巻きこみたくは……」

「ずっと一緒で何事もないなら、いいじゃないか」

「せめて……これ以上は……」

喉が震えて、か細い声しか出せない。

左大臣の息子は、片膝を立てた上に肘を乗せ、頬杖(ほおづえ)をついてこちらを見ている。

「ですから……ですから、あなた様も……」

「雅遠だ」

詞子が最後まで言い切らないうちに、はっきりとした声が被せられた。

「源雅遠だ。さっきそう名乗ったぞ。他に名は持ってない」

「……」

「あなた様、じゃない。無官だから、肩書きもない」

名前で呼べということだろうか。どう返事をしたものかと詞子が迷っていると、さらに念押しするように言葉が続く。

「雅遠だ」

どうやら本当に、名前で呼べということらしい。御簾の向こうでそれを待っているのがわかって、詞子はごくごく小さな声で、つぶやいた。

「……雅遠様でございますか」

口にしてしまって、後悔した。名を呼べば、縁が深くなる。もう、相手が名も知らぬ誰かではなくなってしまうのだ。関わりは避けなくてはならないのに。

だが、左大臣の息子——雅遠は、呆れるほど満面の笑みを浮かべた。

「よし。それでいい」

「……」

迂闊だ。自分も迂闊だが、こちらはもっと迂闊だ。世間で鬼と呼ばれる者に、わざわざ名を教えてやるなんて。

思わず詞子がため息をつくと、雅遠は訝(いぶか)しげな顔で、首を傾げた。本当に子供のように、よく表情が変わる。

「どうした？」

「……あなた様の軽々しさを嘆いているところでございます」

「雅遠だと言っただろ」

「もし、わたくしが中納言の娘の姿を借りた鬼で、あなた様の名を悪いことに使おうとして、ここにおびき寄せたのだとしたら、どうするおつもりですか」

「悪いことって、どんな？」

「……」

「すぐに思いつけない程度じゃ、たいした鬼でもないな」

雅遠は笑って――いきなり、御簾をはね上げた。

突然のことに、驚きすぎて声を上げることすらできなかった。すぐ目の前に、遮るものもなく現れた顔が、にやりと笑う。

「鬼というものは、人を食らうものだと聞いてたが――」

衣擦れの音。

伸びてきた手に、顎をとらえられた。

「そなたが本当に鬼なら、どうやら、その話も怪しいな」

「……」

「こんな小さな口じゃ、俺の頭すら飲みこめやしない」

目が——逸らせない。

雅遠は無遠慮に詞子の顔を眺めていたが、やがて、そっと手を離した。詞子はようやく、ほっと息をつく。

今度は御簾の内にまで押し入ってくるとは、いったい何なのか。

「……わたくしは、世間知らずですが」

「うん？」

「それにしても、高貴な御身分の方々の中に、あなた様のような強引で厚かましい方がおられるとは思いませんでした」

にらんでやると、雅遠はむしろ面白そうな顔で、詞子の前に腰を据えてしまった。

「正直だなー」

「これではわたくしだけが遠慮するのも、馬鹿らしくなります」

「うん。それがいい」

柱にもたれ、すっかりくつろぐ体勢で、雅遠が笑う。

「けどな、世間の公達の中で、厚かましいのは俺だけだと思うぞ。もっとも、俺だって女の家に行って、御簾の中まで入ったのは初めてだ」

「……鬼は、女のうちには入らないということですか」

「鬼だろうが人だろうが、女は女だ。そもそもそなたとは、もう外で会ってるからな。

いまさら隔てて話すのも面倒じゃないか」

確かに、明るい昼日中に顔をさらしておいて、夜になって隠したところで意味はないが。

「それにしても――そなたが鬼姫か」

厚かましいのはよくわかったが、こうじろじろ見られると、身の置き所がない。

「似合わないな」

「……何がですか」

「鬼姫という呼び方だ。全然似合わん。ちっとも怖くないからな」

「……似合おうと似合うまいと、そう呼ばれております」

「じゃあ、俺はそなたを、何と呼べばいい？」

詞子は下を向いて、いつのまにか袖口を握りしめていた自分の手を見つめていた。

「……お好きなように」

「名を知らない」

「鬼でよろしいのではございませんか」

「だから、似合わんと言っただろ」

「妹が中の君、三の君と呼ばれておりますから、わたくしは大君では」

「紛らわしいな。一番目に生まれた姫君は、世間ではみんな大君じゃないか」

「二条中納言の大君とすれば、区別はつきます」

「長い」

……厚かましいうえに、ものぐさなのだろうか。

「面倒だ。名を教えてくれ」

「名前で呼ぶおつもりですか」

「一番確かだろ」

「では、あなた様は一度しかお会いしていない方に御自分の妹君の名を尋ねられたら、素直に教えますか。それも、ただ知りたいからという理由で」

「……」

雅遠は言葉に詰まって、考えこんでしまった。身内のことに例えられて、ようやく非常識だと気づいたらしい。

「いや……そうか。そうだな。女人は普通、滅多に名乗ったりしないな……」

「鬼でも大君でも、どちらかお好きなほうになさいませ」

「……どっちも嫌だ」

雅遠は立てた片膝に頬杖をつき、しばらく不服そうな表情で詞子を見つめた後、ふと外に目をやり、それからもう一度、詞子を見た。

「桜姫（さくらひめ）」

「……」

「桜の下にいた。桜襲の衣も、似合ってた。そなたは桜だ」

詞子は大きく目を見開き、ゆっくりと瞬きした。

何の冗談かと思ったが、雅遠は、ごく真面目な顔をしている。

「名前を訊けないなら、勝手に呼ぶ。桜姫だ」

「……それを、わたくしに合う呼び名だと思いますか」

「思ったからそう呼ぶことにしたんだ。鬼姫なんかより、ずっと合うだろ」

そうは思えない。少なくとも、花の名が似合うとは、到底考えられないのだが。

「……桜なら……すぐ、散ります、ね」

「散らない花なんかないし、散っても来年また咲く」

下唇を突き出して、雅遠は顔をしかめた。

「わかった。そなたは何でも悪いほうにばかり考えるんだな。——でも、もう決めたからな、桜姫。俺がそう決めた」

詞子はそっと、目を閉じた。

爛漫(らんまん)の桜が、自分に似合うとは思えない。

だが、間違いなく——鬼よりはましだ。

目を開けると、雅遠はこれ以上何か文句があるかとでも言うふうに、口を真一文字に引き結んでいる。……本当に、利かん気の子供のようだ。

肩の力が抜けて、詞子は思わず、表情を緩めた。

「……どうぞ、御随意に」

雅遠が結んだ唇の端だけを上げて、愉快そうに笑う。

思えば、誰かのそんな笑顔は、長く見ていなかったような気がする。周囲が見せる笑いは嘲りか憐れみで、淡路や葛葉の笑顔には、いつもどこかに気遣いの色が見えていた。

……そうさせてしまっていたのは、たぶん、わたくしのせい。

自分が、心から笑うことを失ってしまったから——

雅遠は笑みを浮かべたまま、ゆったりと柱に寄りかかり、桜を眺めている。

……不思議なひと。

避けられる災厄は避けるのが普通だ。世の人々が吉凶を占い、夢見を気にし、加持祈禱をして神仏に祈り、物忌みで屋敷のうちに籠り、方違えをしてまで方角を変えるのは、何のためか。それを思えば、雅遠のしていることは、わざわざ災厄の中に飛びこんでいるようなものだ。もしも万事この調子だったのなら、いままでよく無事に過ごしてこられたものだと、いっそ感心してしまう。

だが、いままで無事だったからといって、これからも無事とは限らないはずだ。

雅遠が、口を大きく開けて派手にあくびをした。

「……夜も更けました。どうぞお帰りください」

「追い出すのか」

「いまなら、誰にも気づかれず出ていけます。明るくなって、もし誰かに姿を見られでもすれば、あなた様が鬼の住処から出てきたと噂が立って、お立場を悪くしますから」

「だから俺はあなた様じゃなく、雅遠だと言ってるだろ」

不機嫌そうに、雅遠は低く唸り——そして、帰るどころか、そのままごろりと横になってしまった。

「寝る。夜が明けるころになったら起こしてくれ」

「なっ……」

詞子は思わず腰を浮かせたが、雅遠はそのまま手枕で目を閉じる。

……嘘でしょう？

呆然とする詞子の前で、雅遠は早々に寝息を立て始めた。どうしたものかとあたりを見まわしたが、肝心の瑠璃と玻璃まで、こんなときに限って簀子で丸くなっている。淡路と葛葉を起こそうかとも思ったが、そうなると自分の軽はずみな行動も含めて、最初から説明しなくてはならず、余計に大事になりそうだ。

詞子は腰を落として、ため息をついた。

夜明け前に、起こすしかないだろう。そうして、もう二度とここへは来ないように、あらためて言わなくては。

「……」

ゆっくりと乱れなく、雅遠の寝息は続いている。……本当に眠っているのだ。

勝手に庭に入って、了解もなく簀子に上がりこんで、強引に御簾の中まで押し入ってきて、挙句、寝てしまった。呪い持ちの、鬼の住処だと言っているのに、恐れもせず。

「……呆れたわ……」

そうつぶやきながら、詞子の顔は、笑っていた。

笑いながら、涙がひと筋、頬をつたっていた。

思いがけない事態に混乱しているせいか、この世にひとりだけでも、呪いも災いも信じないと言う者がいたことへの安堵か、あるいは、自分と関わる恐ろしさを感じていない男への憐れみか――何の涙なのか、詞子自身にも、よくわからない。

雅遠は、穏やかに寝入っている。

詞子は袖で涙を拭うと、菫の花を拾い上げ、音を立てないように立ち上がった。花を硯箱に戻してから、伏籠(ふせご)に掛けておいた薄紅の袿を持ってくる。

御簾の内とはいえ、端近は風が吹きこむ。昼間なら陽射しも入ってあたたかいが、夜に居眠りをするにはあまりいい場所ではない。詞子は袿を、眠る雅遠にそっと掛けた。

詞子はしばらく、ぼんやりとその寝顔を眺めていたが、いくら厚かましい相手だとしても、自分のほうまで遠慮なく寝姿を見ているのは失礼だったと気づき、独り顔を赤くして、急いでさっき座っていたところに戻ると、いつのまに中に入ってきていたのか、玻璃が黙ってこちらを見上げていた。苦笑して座り直すと、玻璃も傍らに腰を下ろす。

「玻璃。……あなた悪い子よ？　駄目じゃないの、外の人を連れてくるなんて……」

詞子のささやきにも耳をちょっと動かしただけで、玻璃は知らん顔で目を閉じる。皆が眠りにつき、起きているのは、また自分だけになってしまった。

ただ、さっきまでと違うのは——目の前で、今日初めて会ったばかりの男が眠っている。

詞子は脇息に頬杖をつき、深く息をついた。

見るのは失礼だと思いながら、雅遠の寝顔から目を離せずにいた。悪夢とは縁のなさそうな、無邪気な寝顔のせいだろうか、眺めていると、何故か安心する。

夜明け前、雅遠が目を覚まし、ここを去るまで、せめて、祈っていよう。

どうか、このひとに災いが降りかかりませんように——

満開の桜を見上げていた。枝ぶりはまるで、天から降ってきたよう。

とてもきれい——

嬉しくなって振り返ると、母が御簾の向こうで、笑っていた。乳母もいる。女房たちの、色とりどりの衣の裾が見える。

みんな、笑っていた。

それも嬉しくて、自分も笑った。笑って、そちらに駆け出そうとして——

凄まじい悲鳴で、詞子は飛び起きた。

「だっ……誰!? 何なのっ!?」

悲鳴とその言葉が淡路のものだとわかるのに、瞬き二回分の時間がかかった。

「……あ」

見まわすと、御簾の向こうはすでにうっすらと明るい。夜明けだ。いつのまに眠ってしまっていたのか。……いや、そうではなく。

雅遠が仰向けに寝転がったまま、ぼんやりと目を開けていた。

「あー……もう朝か？」

「……朝です……」

大失敗だ。早起きの淡路が目を覚ます前に、雅遠を起こさなくてはならなかったのに。

淡路は真っ青になって、詞子と雅遠を見比べている。

「ひ、姫様っ？　これはいったい……」

「……えーっと……」

「何ですか淡路さん。また蛙でも見つけ――」

まだ眠そうな顔で塗籠から出てきた葛葉は、淡路の足元に転がっている見知らぬ男を見て、そのまま固まった。

「……蛙じゃないですね」

「蛙じゃないわよー！　ああ、姫様っ、怪しい者です！　早く、早くこちらにいらしてくださいっ！」

確かにこの状況では、雅遠は怪しい者以外の何物でもない。詞子は大きくため息をつく。

「ひとまず起きていただけますか」

「……腹が減った」

「そんなこと仰っている場合ではございません」

それでもまだ寝そべってだらだらとしている雅遠に、瑠璃がのそりと近寄ってきて、その顔を前足で容赦なく叩き始めた。

「あたた、痛い。わかったわかった。起きるから鼻はやめてくれ鼻は」

猫に起こされて慌てている不審な男に、淡路はぽかんと口を開け、葛葉は訝しげな表情で身構えている。

「姫様、あの……」

「……左府様の御子息よ」

「左府……左大臣の……？」

「……」

淡路と葛葉が、信じられない——という顔をしたのも、無理はないだろう。

雅遠はようやく瑠璃の攻撃から逃れて起き上がり、詞子のほうを見た。寝起きのため、鬢の毛が少しほつれている。

「女房か？」

「はい」

「——源雅遠だ。昨日からここで、花見をさせてもらってる」

そう雅遠に言われても、どう見ても女房二人に納得した様子はない。それも当然だ。

「淡路、葛葉。……ごめんね、驚かせて。わたくしが軽はずみなことをしてしまったのがいけなかったのよ」

詞子が昨日の昼間庭に出たところで雅遠に姿を見られたこと、夜になって雅遠が再び訪ねてきたことをかいつまんで話すと、淡路と葛葉は、ますます困惑した顔になる。

「事情はわかりましたが、まったくの他人が姫君の御簾の内まで押し入ってきて眠りこむなんて、どうかしていると思いますけど」

「……ええ、これはちょっと、あまりにも……」

女房二人の非難めいた視線を受けて、さすがの雅遠もたじろぎ、救いを求めるように詞子を振り向いた。

「俺はもしかして、怒られてるのか？」

「怒られるようなことはしていないとお思いですか？」

「……」

決まり悪そうに首の後ろを掻いている雅遠に、葛葉がさっと歩み寄り、その膝に掛かっていた薄紅の袿を素早く取り上げた。

「姫様の衣まで使うなんて、図々（ずうずう）しいにもほどがあります。左府の息子だか何だか知りませんが、とっとと帰ってください。それとも叩き出されたいですか」

「葛葉、それはわたくしが……」

「姫様は黙っていらしてください。こんな無礼なふるまい、自分のほうが身分が高いからといって、こちらを侮っているんです。いえ、そもそもこの男が本当に左府の息子かどうかなんて、わからないじゃありませんか」

葛葉の言葉に、淡路が小さく悲鳴を上げる。雅遠は、むっとして口を尖らせた。

「疑われるのは仕方ないと思うが、別に侮ったりはしてないぞ。だいたい、身分が高いのは俺の父であって、俺じゃない」

「無理に上がりこんでおいて、それでも侮っていないと言い張るんですか」

「話がしたかったから入れてもらっただけだ。こいつらだって、止めなかったぞ」

雅遠に指さされた瑠璃と玻璃は、素知らぬ顔で寝そべっている。

「猫を言い訳にするとは、ますます見苦しいこと。——姫様、有輔さんに頼んで、検非違使を呼んでもらいましょう」

「……そこまで大事にしなくてもいいんじゃないかしら」

「甘いですよ姫様。そうそうこんな不逞の輩に押し入られては、姫様の名に関わります」

「鬼の名に？」

詞子のひと言に、葛葉が黙りこんだ。詞子は少し首を傾げて、微笑んでみせる。

「葛葉、ここが鬼の住処だということを忘れたの？」

「……」

「わたくし、世間で白河の鬼姫と呼ばれているんですって。左府様の御子息が御存じなくらいですもの、きっと検非違使だって怖がって、来てはくれないわ」

まだそんなこと言ってる——と、雅遠がつぶやくのが聞こえた。

「昨日も言ったが、俺はそなたを鬼とは思ってないし、呪いも災いも信じないからな」

葛葉と淡路が、顔を見合わせる。

「……姫様？」

「わたくしが呪い持ちだと、いくら言っても信じていただけないのよ」

「そなたがあんまりそう言うから、こうして朝までここにいてみたが、別に何も悪いことは起きてないぞ。それともまさか、瑠璃に鼻を叩かれたのが災いか？」

のん気に笑っている雅遠に、詞子は目を見張った。……まさか。

「それを確かめるために、ここで寝たんですか？」

「ひと晩ぐらいじゃ、災いもなさそうだな。それどころか、いつもよりよく眠れた気がするぞ。できればもうちょっと、穏やかに起こしてもらいたかったが」

「……そんなこと、試すものではありません！」

思わず叱るように声を上げると、雅遠はゆったりと柱にもたれ、昨夜のように、まっすぐ詞子を見た。

「俺が帰るときには、二度とここに来るなと言うつもりだったんじゃないのか」

「……ええ、もちろんです」

「だから試したんだ」

まっすぐ——こちらに向けられた目の、挑むような強さに、詞子は少しひるんだ。

「言っただろ。噂は当てにならん。災いとやらも、この目で見るまで信じない。それなのに二度と来るなと言われたら、俺はどうやって納得すればいい？」

その言い方は、まるで——

「……また……ここに来るおつもりでは、ありませんね……？」

「そのつもりだ」

頭の奥から血の気が引いた気がした。淡路が駆け寄ってきて、肩を支えてくれる。

「……何てことを」

「ここが気に入った。静かだし、庭もいい。桜も見事だ」

「ですから、花は散りますと……」

「今日明日ですぐに散るものじゃない」

葛葉が聞こえよがしにため息をつき、一歩前に踏み出した。

「いいかげんにしてください。ここはあなたの家ではないんですよ。姫様が迷惑だと言っているじゃないですか」

「迷惑だとは言われてない。ここにいると俺の身に災いがあるから帰れと言われてるんだ」

雅遠はぐっと胸を反らして、葛葉をにらむように見上げた。

「それとも、おまえたちも災いを信じてるのか？」

「当然です」

答えたのは、返事に詰まった葛葉でもとっさに目を逸らした淡路でもなく、詞子だった。

「二人とも、わたくしがこの身に受けた呪いのことは、よく知っています。ずっと、ずっと一緒にいるのですから――」

「……」

雅遠は口を開きかけたが、何かを思い出したように一瞬目線をさまよわせ、結局唇を引き結んで、ふーっと鼻から息を吐いた。

重い沈黙は、どれくらい続いたか。部屋の中は、だいぶ明るくなってきている。

「……わかった」

雅遠が、顔を上げた。

「そこまで言うなら、帰ってもいい。ただし――桜姫」

呼ばれ慣れていない呼び名に、詞子の喉が、微かに引きつったように鳴った。淡路と葛葉も、雅遠がいま何と言ったのかを互いに確認するように、顔を見合わせる。

「帰る前に、俺にひとつ、関わりをくれ。そなたが納得できる関わりでいい」

「……どういう意味ですか」

「この二人は女房という関わりで、ここにいられるんだろ。俺にも、何かそなたとの関わりがあれば、またここを訪ねられるだけの理由になるはずだ」

「……わたくしの話を聞いていましたか？」

「さっきこの女房が、他人が上がりこむのはどうかしてると言ったな。確かにそのとおりだ。でも、だったら他人でなくなればいい。そなたとは、昨日の昼と夜、二度顔を合わせたことになる。少なくとも顔見知りにはなったわけだ。顔見知りの次は何だ？　こうやって部屋に上がって話ができるだけの関わりとは、どんなものだ？」

「……」

詞子と葛葉が揃ってため息をついたところに、淡路がおずおずと、切り出した。

「あの……お身内の方でもなければ、殿方が姫君のお部屋に入られることなど、ほとんどないことだと存じますが……」

「身内でないと駄目か」

「殿方が姫君のお部屋を訪ねられる状況としましたら、恋人か御夫婦……ですが、こちらの姫様は、中納言様の御息女でございます。本来でしたら、御結婚なさるお相手でもない限り、このようなことはあり得ませんので……」

暗に部屋に上がるなど非常識だという意味を含めた淡路の言葉に、雅遠は、ああ、と声を上げて手を打った。

「結婚すればいいのか」

「——は？」

「よし、わかった。じゃあ結婚しよう、桜姫」

「はぁ!?」

葛葉が細い目をいっぱいに剝き出し、淡路は身を乗り出すようにして腰を浮かせて——詞子は、ぽかんと口を開ける。

「何を馬鹿なことを言っているんです!?　うちの姫様があなたのような図々しい常識のない男と結婚するはずないでしょう！　これ以上侮ると本当に検非違使を呼びますよ！」

「そ……そうですよ！　部屋に上がるために結婚するなんて、聞いたことがありませんっ」

「結婚相手でもない限り部屋に入れないと言ったのは、おまえじゃないか」

「そういうことでは……」

「別に俺は構わないぞ。誰とも結婚してないし、結婚の約束をした相手もいないし」

「だからそういう問題じゃないんです！」

雅遠と女房二人の噛み合わない口論の中、昨夜のうちに雅遠への話の通じなさ加減を実感している詞子は、さすがこの返事には驚いたものの、まぁ、こういう人なのだと——概ねわかってきていた。

つまり、あまり深くものを考えずに話しているらしい、という。

「淡路、葛葉」

詞子が静かに呼びかけると、二人はようやく口を閉じる。

「この方の仰ることを、本気にとっては駄目よ。わたくしと結婚するということがどういうことか、まったく考えておられないんだから」

「……何か引っかかる言い方だな、それ」

「では、お考えになりましたか？　左府様の御子息というお立場で、呪い持ちの鬼と呼ばれている女を、御自分の妻だと世間に広めることが、どういうことかを」

「そんなの……」

「仮にあなた様が気になさらなくても、左府様はいかがでしょう？　お母上様は？　あなた様の妹君に御縁談でもあれば、障りになりませんか？　いいえ、それどころか、確かあなた様の姉君は、女御様ではございませんでしたか？」

雅遠の顔をひたと見据え、たたみかけるように言葉を続けると、その目が迷いに揺れたのがわかった。——もう少し。

「女御様を帝の北の方とすれば、あなた様は帝の義理の弟君です。世間で鬼と言われているわたくしと思いつきで結婚を決めるなど、どれほど危ういことか、お考えください」

雅遠は反論の種を探しているようだった。唇を噛んだその表情は、悔しそうでもあり、怒っているようにも見える。

詞子は深く息を吸い——できるだけはっきりと告げた。

「……わたくしから、あなた様に関わりを差し上げることは、できません」

関わりを持とうとしてくれたことが、嬉しくないわけではない。

でも、それ以上に、怖い。

関わる者が不幸せになるのは、見たくないから。

「お帰りください。……雅遠様」

毅然（きぜん）としたつもりで、声は、震えてしまっていた。

雅遠は大きく目を見開き、きつく口を引き締めて、立ち上がった。そのまま踵を返すと、御簾をはね上げ外に出ていく。

詞子は、じっと目を閉じていた。

荒っぽく階を下りる音、沓が砂を蹴散らす音が遠ざかり——やがて聞こえてきた馬の蹄の音も、微かになる。

……これでいいのよ。

心の中でそうつぶやいて、詞子は外が無音になるのを待った。

淡路と葛葉が、気遣うように自分を呼ぶ。

「……悪いけれど、しばらく独りにしてほしいの」

少しの間があって、二人の足音も遠ざかっていった。

衣擦れの音まで聞こえなくなってから、詞子は両手で、顔を覆った。傍らで、玻璃が何か話しかけてくるかのように、しきりに鳴いている。

「いいの。……もう、いいの。仕方ないんだから……」

仕方がないと、詞子は自分自身に言い聞かせるように、いつまでも繰り返していた。

腹立ち紛れに飛び出してきてしまったものの、しばらく馬を走らせているうち、雅遠は、いったい自分が何に腹を立てたのか、ようやく思い至ることができた。

反論できなかった自分への怒り、である。

……そりゃ、確かに言われたとおりなんだけどな。

いまのところ、自分自身の身分が高いとは言えないが、父が左大臣なのは間違いないし、姉が麗景殿の女御として入内しているのも事実だし、そうなると自分は、おそれ多くも帝の縁者だと考えられなくはない。

桜姫の言ったことは正論だ。——それだけの立場で、あれほど世間が恐れている『白河の鬼姫』と結婚すれば、周囲が黙ってはいないはずだ。

だが、それでもなお、腑に落ちないものが残る。

……呪いだの災いだの、そんなに信じなきゃいけないもんか？

ひと晩をあの屋敷で過ごしてみても、具合が悪くなったわけでもなし、せいぜい元気のいい猫に噛みつかれたり、鼻っ柱を殴られたりした程度だ。それが恐ろしい呪いによる災厄だというのなら、世の中に加持祈禱が必要だとは思えない。

それなのに、関わりそのものを拒否されてしまった。

……名案だと思ったんだがなぁ、結婚。

天を仰ぐと、もう西の空までがすっかり白々としている。何だか妙に、虚しい気分だ。

ため息をつきつつ四条の家に戻ると、門の前で、保名が落ち着かない様子で待っていた。

「あ——お、お帰りなさいませ、雅遠様！」

「ただいま。何だ、こんなところで」

「何だじゃございませんよ！　やっと首尾よくいったんですね！」

　両の拳を握りしめて目を輝かせている保名に、雅遠は首を傾げて馬から降りた。

「首尾？　何のだ？」

「ですから、安芸守の娘と、ですよ！　いやぁ、雅遠様が歌も作れておられなかったうえ、また狩衣のままでお出かけになってしまったと聞いて、失礼ながら、今度も駄目かと思っていましたが、雅遠様もようやく朝帰りができるように――」

「はぁ？」

　雅遠の返事に、今度は保名が首を傾げる。

「……安芸守の屋敷からのお帰りではございませんので？」

「安芸守？　……あー、忘れてた。そういえば宵のうちに行ったな、昨日」

「お泊まりになったのではないんですか？」

「泊まってなんかないし、あんな女のところ、二度と行くか。頼まれたって御免だ」

　せっかく桜姫と話して忘れていたというのに、また思い出してしまった。桜姫の正論に言い返せなかったのより、よほど腹が立つ。

「雅遠様……。それではいったい、昨夜はどちらに？」

「憂さ晴らしに玄武で遠乗りだ」

「ひと晩中ですか？」

「あー……それが、な。……途中で、道に迷ったんだ」

愛馬を門内に引き入れながら、雅遠はとっさに、そう言い繕っていた。

「迷った？　いったいどこまで行ったんですか……」

「さぁ、場所はどこだか。さすがに難儀をしてたら、年老いた坊さんが独りで住んでる庵を見つけてな、泊めてもらった。いやー、親切な坊さんで助かった」

「……何だ……そんなことですか……」

せっかく安芸守の娘とうまくいったのだと思っていたのにと、保名が嘆く。……どうやら雅遠の口から出まかせを信じたらしい。

内心ほっとして、雅遠は保名の背を叩いた。

「泣くことないぞ。おまえだって、あの安芸守の娘の声を聞いたら、帰りたくなるに決まってる。何しろこんな声だったんだからな」

鼻をつまんでしゃべってやったが、保名は笑ってくれるどころか、ますます肩を落とした。

「声ぐらいもうどうだっていいじゃないですか……。雅遠様の場合、歌にさえ目をつぶってくださる姫君であれば……」

「何言ってるんだ。声はいいほうがいいに決まってるだろ」

桜姫は、いい声だった。小声でもよく通る、耳にやさしい——

「……何笑ってらっしゃるんです？　雅遠様」

「あ？　あ——いや、何でもない」

雅遠は慌てて緩んだ頰を引き締めたが、自分が笑っていたとは思っていなかった。何故、笑ったりしたのだろう。

……危ない危ない。

保名は生まれたときから一緒に育った乳兄弟だ。隠し事をするのは気がとがめるが、何となく、いまは、桜姫のことを話したくはなかった。

「ひとまず、朝餉になさいますか？」

「あー、そうだな。……坊さんは朝飯までは出してくれなかったからな」

馬を家人に預けて、保名とともに西の対に戻ろうとした渡殿で、左大臣である父の源雅兼と出くわした。すでに束帯姿に身支度を整え、これから出仕するところらしい。

「あれ、父上、おはようございます。もうお出かけですか」

「……今日は陣定が早いんだ」

「珍しいですね。何かあったんですか」

雅兼は朝が弱い。現にいまも、すこぶる不機嫌な顔をしている。だから、こんなに朝早くに会議を招集するなど、よほど緊急の用事でもあったのかと思ったのだが。

「何もない。……何もないくせに、あの男がこんな朝早くから招集したんだ」

「……あー……」

　雅兼があの男と言えば、それは右大臣の藤原則勝（のりかつ）のことに他ならない。不機嫌なのは、朝が早いからというだけではなかったようだ。

「あやつめ、儂（わし）が朝は気分が優れないと承知で、わざとこんな時刻に招集をかけたんだ。まったく忌々しい……」

「……低俗な嫌がらせですねぇ」

　父と右大臣は犬猿の仲だ。互いに娘を女御として入内させ権力を競ってはいるが、なかなかどちらかが一歩抜きん出るところまでいかないのは、いまのところ、右大臣の娘である梅壺（うめつぼ）の女御も、雅遠の姉である麗景殿の女御も、皇女を一人しか産んでいないからだろう。

　雅兼はまだ瞼の重そうな目を息子に向けた。

「ところでおまえは、また朝から遠乗りか」

「はぁ、ま、そんなとこです」

　そういうことにしておいたほうがよさそうだ。

「まったく……。少しは女のところへ通えるようになったらどうだ」

「ええ、ま、そのうち」

不機嫌な顔をさらにしかめて、雅兼は大きくため息をつく。

「おまえがそんな調子でいるから、適当な女がどんどん減っていくんだぞ。早く権大納言の娘でも左大弁の娘でも美濃守の孫娘でもいいから、結婚を決めないか」

「……そうやって御自分と親しい者のうちから選ぼうとするから、適当な女がいないように見えるだけじゃないんですか……」

権大納言も左大弁も美濃守も、世間でいわゆる左大臣派と呼ばれている、雅兼の取り巻きたちである。

「馬鹿者。妻というものは、後々のことも考えて選ぶものだ」

「後々のことも考えると、俺より十二も年上の女とか四回結婚して四回とも別れた女とか、まだ八つかそこらの子供とかの中から選ばなくちゃならないんですか」

ちなみに十二歳年上というのが権大納言の娘で、四回結婚して別れたのが左大弁の娘、まだ八歳なのは美濃守の孫娘のことだ。これらのいったいどこが自分の結婚相手として適当と言えるのか、雅遠にとっては首を傾げるしかないのだが。

「誰もこの中から選べとは言っていないだろう。しかし、どの娘もそれぞれは悪くはないぞ。家柄は確かだし財産はあるし、教養もあるし――」

「あー……教養は勘弁してください」

「そうやって選り好みばかりしていると、選べる範囲はますます狭くなるんだからな」

「……都中を歩きまわって探してみますよ」

実は都の外に、適当な相手がいたのだが——ということは口に出さずに、雅遠は軽く頭を下げ、通り過ぎようとした。

「探すのはいいが、慎重にするんだぞ。間違っても、右大臣に関わる女は選ばぬようにな」

「はいは……い？」

いつもの説教口調におざなりな返事をしかけた雅遠は、ふと足を止め、父を振り返る。

「……右大臣に関わる女、は？」

「あたりまえだろう。おまえは頭が悪いんだからな、迂闊にあの男と関わりのある女に手を出して、下手に丸めこまれでもしてみろ、儂のこれまでの苦労は水の泡だ」

……嫌な予感がするが、一応確認しておかなくてはならないだろう。

「えー……ちなみに、右大臣に関わりのあるというのは、どのあたりで……」

「右大臣の身内、それと、あの男の後をいつも腰を低くしてくっついてまわっている連中の身内だ。特に二条中納言、平宰相（たいらのさいしょう）、前の阿波守（あわのかみ）あたりは気をつけるんだぞ」

「……」

息子の沈黙を了解ととったのか、雅兼はさっきよりはもう少しはっきりした顔で、歩いていった。側で身を縮めて控えていた保名が、ほっと息をつく。

「殿は相変わらず、右大臣のこととなると御機嫌がお悪いですねぇ……」

「朝はいつもあんなもんだ」

つぶやいて、雅遠は西の対に戻った。

……そういえば、そんな問題もあったんだったな。

藤原則勝が気に入らないという父の愚痴は、昔から何度となく聞いていたが、思うに父と右大臣は、結局似たもの同士なのだ。互いに同じような出世の道を辿り、常に一歩先に出ようと相手の粗を探し、一人でも多くの金と能力を持った味方を増やそうと躍起になっている。いま官位の頂点たる太政大臣の地位が空席になっているのは、あまりに双方の権力が拮抗しすぎているからだろう。

さすがに父の前で口にしたことはないが、雅遠から見ればどっちもどっちだ。決着がつく日が来るとすれば、姉と右大臣の娘のどちらかが先に皇子を産んだときということになるだろうが、負けたら大変だと父たちが騒ぐのを見ても、何がどう大変なのかよくわからないのは、自分がまだ役職に就いていないからかもしれない。

とりあえず一番大変なのは、いつもいがみ合っている、相容れない臣下を持つ帝なのではないかと――そんなことを考えている時点で、たぶん自分は、左大臣の嫡子という立場を忘れているようなものなのだろう。また桜姫に呆れられそうだ。

粥(かゆ)で朝餉を簡単に済ませ、雅遠はぼんやりと庭を眺めていた。

桜姫は、二条中納言の娘だ。

つまり、呪い持ちなどでなく、鬼姫と呼ばれているのでなくても、二条中納言が父の宿敵、右大臣の取り巻きである限り、結婚は不可能だったわけである。

「……」

何故か、早まって桜姫と結婚しなくてよかった――という気にはなれなかった。

父から右大臣派と関わるなと言われ、当の桜姫からも関わりは持てないと拒まれているのに、どうしてか、それがひどく悔しいのだ。桜姫の言う正論も父の言う確執も、頭ではわかるが、腹の内では納得できない。

お帰りくださいと言った、あの声を思い出す。震えていた。そしてその顔は思い詰めた表情で、いまにも泣き出しそうにも見えた。

……どこが鬼姫だ。

自分のことを鬼だ鬼だと言うくせに、人に災いが及ぶのを恐れるなんて、まったくおかしな話ではないか。自分は宿敵の息子なのだ。鬼なら何食わぬ顔で、呪いでも災いでも物の怪でも、何でも憑かせてみればいいものを。

庭の桜は、すでに半分以上散ってしまっている。風に舞う花びらがあちこちに吹き溜(だ)まり、小さな薄紅の池を作っていた。白河の桜は――あともう少し、咲いているだろう。

雅遠は南の庭に面した廂の柱にもたれて、腕を組みじっと座っていた。部屋の奥からは、何がおかしいのか、おしゃべりに興じる女房たちの甲高い笑い声が、間なしに聞こえてくる。うるさいと思うが、どこの家でも女房たちがかしましいのは同じだし、自分が静かにするように言ったところで、あまり効き目はない。

……白河は、静かだったな。

もっとも桜姫と女房が二人だけでは、にぎやかにしようもないかもしれないが。

雅遠の目は、散る花を映してはいたが、見てはいなかった。思い出していたのは、桜の下の、御簾の内の、それから何の隔てもなく間近で見た、桜姫の表情の、ひとつひとつ——

……笑った顔を、見なかったな。

笑えるような話もできないまま出てきてしまったが、あの様子では、普段からして、笑っているのかどうか。

桜姫は、人と関わるのを避けなくてはならない宿命だと言った。それを寂しいと言ったとき、やはり泣きそうだった。……寂しくないはずがない。少しの供だけを連れ、人里離れて。

「……」

確か花見の宴で聞いたのは、雷雨の夜に二条中納言邸へ鬼が侵入し、それは大君が呼んだのだということになって、二条中納言は娘を別邸に移したという話だった。その鬼が何者かは知らないが、少なくともあの桜姫に、鬼や物の怪の類いが呼べるとは思えない。だが、昔から呪い持ちだとされていたなら、そう思われてもおかしくなかったということなのだろう。

……昔から、家の中でも鬼だと思われてたってことか。

身内にまでも恐れられていたとしたら、もしかすると桜姫は、いままでずいぶん、窮屈な思いをしながら暮らしてきたのかもしれない。

雅遠は立ち上がり、高欄から身を乗り出すようにして空を見上げた。

麗らかな春の陽射し。雲の行方を目で追うと、東の山のほうへと流れている。なだらかな稜線の、あの麓近くに白河がある。川を越え、馬で駆ければすぐに辿り着けるのに。

「……関われないのか……？」

独り言は、女房たちのけたたましい笑い声にかき消される。小さく舌打ちした雅遠の耳に、安芸守の娘、という言葉が聞こえた。

自分のことを話題にしているのだ。安芸守の娘も駄目だった。また駄目だったのか、もう何度目か。女一人ものにできず、これではますます脇腹の弟に差をつけられる。

左大臣の嫡子がこれでは、先が思いやられる——

「……だから何だ」

声をひそめるふりだけして、まるで隠そうともしていない女房たちの話に、雅遠は挑むように天をにらみながらつぶやき、踵を返した。聞こえよがしなおしゃべりをしている女房たちのすぐ横を、足を踏み鳴らしながら通り過ぎる。

考えこむのは性に合わない。

頭で考えなくとも、体は心の動くほうへ、勝手についていくものだ。

雅遠は三度、愛馬を白河へと走らせた。

あの姫が鬼か物の怪か、そんなことは知らない。——ただ、窮屈な暮らしがどんなものかは、少しは知っている。左大臣家の跡継ぎにふさわしくない、無風流な、出来損ないの息子としてならば。

白河の二条中納言別邸に着くと、さっさと門内に入り、昨夜と同じように車宿に馬を繋いで、中門をくぐる。

目の前に現れた桜の雨は、昨日と何も変わらない。屋敷の静けさも、何もかも。

瑠璃と玻璃が見張りでもしているかのように、じっと階に座っている。雅遠が近づくと、二匹とも目を開けたが、飛びかかってこようとはしなかった。

沓を脱ぎ捨て、躊躇なく階を上がると、御簾の向こうで人影が動いた。構うことなく御簾を押し開けると、人影が駆け寄ってくる。

「――あなた、また……！」

「邪魔するぞ」

切れ長の目の、どこか狐を思わせる面差しの女房が、さらに目を吊り上げる。

「ちょっと、今朝追い出されたばかりで、また何をしに来たんですか！」

「おまえ、葛葉とか言ったたな。桜姫は」

「姫君は御気分が優れないからと、ずっと臥しておいでです。あなたのせいですよ」

「じゃあ会わせろ」

「会わせられるわけがないでしょう！」

「どうしたの葛葉……あっ」

奥からもう一人の女房が出てきて、声を上げた。丸顔の、よく見ると左目の下に黒子があるこちらの女房は、確か淡路と呼ばれていた。

「いったいどうして……姫様は、お帰りくださいと――」

「だから帰った。帰って、もう一度来た。桜姫は？」

「姫様は……」

淡路が途惑った顔で、奥を振り返った。塗籠がある。そちらに一歩踏み出すと、葛葉が前に立ちはだかった。

「出ていってください。無作法ですよ」

「よく言われる」

「あの、姫様がお休みですから、お静かに……」

女房たちと押し問答しているうちに、奥で物音がした。

塗籠の戸が開き——目元を赤く腫らした桜姫が、呆然とこちらを見ていた。


……どうして。

詞子は泣いたせいで痛む目を、何度も瞬かせた。

雅遠が淡路と葛葉を押しのけて、荒っぽく床板を踏み鳴らしながら歩いてくる。

「言いたいことがあったから、また来た」

「……」

「俺は気にしてなかったから失念してたが、俺の父と、そなたの父が懇意にしてる右大臣とは、ものすごく仲が悪い。だからそなたが世間でどう呼ばれてるかにかかわらず、右大臣家と繫がるそなたとは、結婚できないらしい」

そういえば、世情に疎い自分でも、右大臣家と左大臣家の不仲は聞いている。権力を争うとはそんなものなのだろうと、気に留めたことはなかったが。

「だが、結婚が駄目でも、関わりは作れるはずだ」

「そ……」

「そなたが与えてくれないなら、俺が勝手に作る。そう決めた」

頭を振ろうとしたのに、体がすくんで首を傾げることすらできなかった。人の真顔を、こんなにも恐ろしいと思ったのは、初めてかもしれない。

「災いが起きるというなら、起こしてみろ。自分を鬼だと言い張るんなら、俺の腕の一本でも食らってみるがいい。――さぁ」

眼前に、蘇芳色の狩衣の袖が差し出される。

……できるはずがない。

だって、わたくしは、ただの――

膝から力が抜けて、妻戸にすがろうとした、その手を掴まれた。

「……ただの人の子だろ、桜姫」

すぐ耳元で、低く、うって変わったやさしい声がする。

二つに折れそうになっていた体を、力強い腕に支えられていた。

「昨日、自分でそう言ったな？　人の子だと」

顔を向けると、雅遠は口の端を上げてにっと笑い、うなずいた。

「ちゃんと聞いたぞ。俺は物憶えは悪いが、昨日聞いたことぐらい憶えてる」

「……」

「ほら、立てるか？　ああ、気分が悪いんだったな。けど、こんな暗いところで寝てたら、ますます具合が悪くなるぞ」

言うが早いか雅遠は、詞子の体を抱え直して――そのまま、肩に担ぎ上げた。

「きゃ……」

「ちょっ、何するんです⁉」

「あ、危ないっ……」

「おまえたちこそ危ないから退いてろ。ああ、そこの几帳を除けてくれ」

荷物よろしく雅遠に担ぎ上げられたまま、詞子はさっさと廂まで運ばれてしまう。いったいどこへ連れていかれるのかと慌てたものの、雅遠は詞子を昨日座っていた茵の上に、壊れ物を扱うかのようにごく丁重に、そっと下ろした。

「今日は少し風があるが、こっちのほうが明るいし、日が当たってあたたかいぞ」

「お……驚かさないでください……！」

思わず抗議の声を上げた詞子に、雅遠は悪戯の成功した子供のような表情をする。

「おお、何だ、声が出るじゃないか」

「……っ」

「元気になったならよかったな。でも、まだ顔が赤いぞ。もう一枚ぐらい上に着ておいたほうがいいんじゃないか」

誰のせいで顔が赤いと思っているのか。詞子は両頬を手で隠したが、熱くなってい
るのがわかると、ますます血が昇ってくる気がした。

「ど……どうして……」

「うん？」

雅遠はそこをすっかり居場所と決めたかのように、御簾の外に出ることもなく、昨
夜と同じところに腰を下ろし、柱に寄りかかっている。

「……二度も三度もここに来る理由は、ないはずです」

「来たかったから来た。それだけだ。他に理由がいるのか？」

図々しい――とつぶやいたのは、葛葉だ。

「……ここへ来ていることを、どなたかに……」

「いや、言ってない。でも別に誰にも気にされてないぞ。もともと俺は遠乗りが好き
で、天気がよければいつも馬で出かけてるからな」

それなら誰かに怪しまれる前に、本当にここには来ないようにしたほうがいい。そ
う思うのに、言葉にはならなかった。

……二度と来ないと思っていたのに。

拒絶したのは自分だ。今朝帰っていった雅遠は明らかに機嫌を損ねていたし、そう

なるように仕向けたのも自分だ。

　それでも、雅遠は、また訪ねてきた。

　怖いもの知らずなのか、よほど懲りない性分なのか、それとも――

　詞子は一度目を伏せ、そうして顔を上げ、淡路と葛葉を見た。

「……雅遠様にも、敷物をお出しして」

「姫様――」

「それから……雅遠様、乗ってこられた馬はどちらに」

「車宿に勝手に繋いだが、別のところのがよかったか？」

「いいえ、どこでも構いません。――葛葉、有輔に馬のお世話をするように頼んできて。淡路は小鷺に言って、何かお菓子でも」

「ですが……」

　葛葉は詞子と雅遠を見比べて行き渋る様子を見せたが、淡路は一瞬唇を結び、大きくうなずいて、すかさず円座を雅遠に差し出した。

「こちらをお使いください。――葛葉、行きましょう」

「淡路さん、ちょっと……」

　淡路が葛葉を引きずるようにして連れていき、詞子と雅遠は廂で二人になる。

「……左府様の御子息が、鬼の境遇などに同情なさるとは思いませんでした」

「同情だと思ったのか？」

「違いますか？」

雅遠はしばらく御簾の向こうの桜に目をやって、それから詞子に視線を戻した。

「そなたの暮らしは窮屈そうだと思った。それを同情と言うなら、ま、そうなんだろうな」

「……以前ほどは、窮屈ではございません」

「二条の本邸よりは？」

「こちらには、わたくしどもしかおりませんから。余計な話も聞かずにすみます」

「ああ──」

屈託なく、雅遠が笑う。

「それはそうだ。人は集まれば集まるほど騒がしい。ことに女房どものおしゃべりはな。二人ぐらいがちょうどいいんじゃないのか」

「……そうですね」

雅遠を見ていると、静寂よりはにぎやかなほうを好みそうに思えるのだが、そうでもないのだろうか。

「普段は、何をしてる？」

「わたくしですか？」

「外に出られない女は退屈だろうと常々思っててな。女房が大勢でもいれば話題もつきないだろうが、そなたと女房二人では、何をして過ごすんだ？」

「縫い物ですとか、手習いとか……淡路と葛葉の手が空いていれば、囲碁や双六（すごろく）……」

「歌は詠まないのか？」

「歌、ですか」

尋ねた雅遠の表情が急に強張ったように見えて、詞子は首を傾げた。

「必要があれば詠みますけれど……普段は、ほとんど詠みません」

「歌は好きか？」

「嫌いではありませんが、ことさらに好きということも……」

「そうか！」

今度は満面の笑みである。……この話の流れで喜んでいるということは、もしかすると。

「雅遠様は、歌がお好きでは……」

「ない。嫌いだ」

「……そうなんですか……」

しかし左大臣の息子なら、立場上、歌を詠む機会は少なくないのではないだろうか。嫌いでは済まされないと思うのだが。

「だから、俺の前で歌は詠むなよ。歌を詠まれたって、俺には意味なんかわからないし、返歌もできん。歌なんか一日かかったって作れないからな」

「……本当ですか？」

「そんな嘘をつくか。そなたが俺の前でうっかり歌なんか詠まないように、わざわざ言ってるんだ」

そう言って雅遠は拗ねたように、ふいと横を向いてしまった。……どうやら本当らしい。

「歌がお嫌いでは、お困りのことが多いでしょう」

「困ってばかりだが、詠めないものは、もう仕方がない。どうせ名前が悪いんだ」

「名前？」

「父の名が雅兼。昔、父が世話になった恩人の名が光遠。一字ずつ取って我が子につけたら、雅に遠い――と、なった」

「……」

雅に遠い。

つまり、風流からはほど遠い、という名になってしまった、と。

……確かに、名前のとおりだわ。

無遠慮で厚かましくて、世の習いなど、まったく気にしていなくて――

　思わず笑いがこみ上げてきて、詞子は急いで袖で口元を覆った。

「あ、笑ったな!?」

「い……いえ、あの……」

　堪えようとすればするほどおかしくて、詞子はとうとう顔を背けてしまう。

「笑ったな桜姫？　笑ったな!?」

「だ……だって」

　肩を震わせる詞子のもとへ、雅遠が四つん這いで駆け寄ってきて、顔を見ようと無理やり覗きこんできた。

「見ないでください。本当に名前のとおり……」

「ああ、どうせ雅からはほど遠いんだ。桜姫の笑った顔を見てやる。こっち向け」

「や……」

「――何をしているんですか！」

　雅遠が詞子の手首を掴んでいたところへ、戻ってきた葛葉が細い目をいっぱいに見開いて一喝し、雅遠を引き剝がしにかかる。

「まったく、少し目を離すと油断も隙もない」

「痛い痛い痛い。顔を見ただけだ。何もしてないだろっ」

「何もしていなくて姫様が――姫様？」

「……って、ふ、葛葉、あの……ふふ……」

さすがに笑ったら失礼だとか、こんなに笑うことではないと思いながら、詞子は笑いを止められずにいた。

そんな詞子を葛葉は途惑いの目で見つめ、そして雅遠は、何故かとても嬉しそうに、詞子と一緒に笑い続けていたのだった。

＊＊　＊＊　＊＊

「……三、四。はい、次、どうぞ」

「ぬぅ……」

雅遠は盤上の駒をじっとにらみながら、筒の中に賽(さい)を二個放りこみ、からからと音を立てながら振っている。

「……合わせて八の目なら、これが積めるな」

「賽の目の数は運次第ですよ、雅遠様」

「わかってるっ。……ひのふの——やっ！」

勢いよく逆さにされた筒から飛び出た賽は、その勢いのまま盤に当たって、あらぬ方へと跳ねて転がっていった。

「あーっ！　どこにいったっ⁉」

「ですから、もう少し静かに振ってくださいと、何度も……」

「あ、そこにあった！　目は？　三だな？　もうひとつはどこだ？」

あたふたと袖を叩く雅遠の、背後の几帳の陰から、縫い物をしていた淡路が顔を出す。

「こちらに転がってきましたが……」

「目は⁉」

「二ですが」

「嘘だろ⁉　五じゃないのか⁉」

身を乗り出す雅遠に、淡路が転がったままの賽を、目を動かさないように、指先で几帳の隙間から押し出した。間違いなく二の目だ。

「……あー……」

「五で進めます？　それとも二と三で？」

「……これを五だっ」

雅遠は大きな手で慎重に盤上の黒の駒をひとつ摘まみ上げ、五つ先に進めた。淡路が几帳の向こうから盤上の駒を眺め、首を傾げる。

「このあいだから双六ばかりでございますね。囲碁はおやめになったのですか？」

「……もうここで囲碁はやらん」

拗ねた口ぶりで腕を組む雅遠に、詞子は微かに笑い、筒に賽を入れて振り出した。

「二と……四ですね。……雅遠様、囲碁ではちっともわたくしに勝てないから、面白くないんですって」

「……そういえば、先だって、ひと晩で六局全敗されたんでしたね……」

囲碁をやろうと雅遠に誘われ、昼間のうちから相手をしたら、二戦続けて詞子があっさり勝利した。雅遠は勝つまで帰らないと意地を張り、結局夜どおし対戦する破目になったのだが、それでも雅遠は一度も詞子に勝てず、明け方すごすごと帰っていき、以来、詞子は雅遠とは囲碁をやっていない。

「残念だわ。雅遠様がお相手だと、面白いように勝てるのに」

「……桜姫は囲碁が強すぎる」

「わたくしは普通です。葛葉には苦戦しますもの。わたくしが強すぎると仰るなら、むしろ雅遠様が弱すぎ――」

「あー、言うな言うなっ！」

雅遠が子供のようにわめき、淡路が几帳の陰で吹き出した。

詞子も袖で口を隠してくすくすと笑い、御簾の向こうに目をやった。庭の桜はすっかり散り終えて、青々とした葉を茂らせている。

雅遠がこの白河の別邸を訪れるようになって、二十日近くが過ぎていた。

雨が降った日を除き、毎日のように昼前にはやって来て、詞子と囲碁や双六をしたり、廂で猫たちにまじって昼寝をしたりして、だいたい日暮れごろ、愛馬にまたがり帰っていく。泊まったのは、初めて会った日の夜と囲碁の勝負をしたときの二度だけだが、それにしても、いったいこの屋敷の何が気に入ったのか、実に居心地がよさそうである。

「双六なら、賽の目次第だからな」

「……それはそうですけれど」

今度こそ大きな目を出そうと意気ごんで筒を振る雅遠に、どのような目が出ても、双六とて勝敗は積み方次第だとは——あえて口には出さない。

「……四、六！　やったぞ、十で進め——」

「えっ？　ここの駒を六、こちらを四で進めれば、ふたつとも積み上がりますよ？」

「あ」

「あらあら、駄目よ淡路、教えてしまったら……」

雅遠が筒を握りしめたまま、恨みがましい目で詞子を見る。

「気づいてたなら、そなたが教えてくれてもいいじゃないか……」

「わたくしが教えてしまったら、勝負になりません。淡路、次は駄目よ？」

「はいはい、失礼いたしました……」

淡路は笑って、繕い終えた単を持って立ち上がり、塗籠へしまいに行く。入れ替わりに葛葉が、唐菓子（からくだもの）の皿を持ってきた。

「また双六ですか。姫様に勝てもしないのに」

「……うるさい。囲碁は勝てないが、双六なら半々だっ」

「その半分は姫様がわざと負けてさしあげてるんじゃないですか」

「あら、わたくしそこまでやさしくないわ」

詞子は雅遠から筒を受け取り、賽を中に入れる。

「それに、今日は賭けているんですもの。わたくしが先に三回勝ったら、雅遠様がお持ちの絵巻を見せていただくの。雅遠様が先に三回勝てば――」

「桜姫に香（こう）を作ってもらう」

「香？」

葛葉が顔をしかめながら、詞子の横に座った。

「双六で賭け事など、変なことを姫様に教えないでください。だいたい香ぐらい、御自分でいくらでもお持ちでしょう」

「桜姫のがいいんだ。材料は持ってくるって言ってるんだが、何をどのくらい合わせてるのか、配分を教えてくれない。それなら作ってもらうしかないだろ。教えてもらったとしても、俺にはこの香りは出せんだろうし……」

雅遠は自分が羽織っている、薄紅の袿の袖に顔を押し当てて、いったい何を調合しているのかと首をひねっている。

「それは姫様の袿でしょう。まだ図々しく使ってるんですか」

「ここで昼寝するときに借りてるんだ。香のいい匂いが移ってて、よく眠れる」

悪びれる様子もない雅遠を、葛葉はますます冷ややかな目でにらむ。

「寝るなら御自分の立派なお屋敷に帰って寝てください。ここはあなたの別邸じゃないんですよ。毎日毎日入り浸って、そんなに暇ですか」

「それなりに忙しいぞ。一昨日は有輔が渡殿の床板を直すのを手伝ってやったし、小鷺が野菜を運ぶのも手伝ってるし、今度筆丸に蹴鞠を教えてやる約束をしてる」

「全部ここの用事じゃないですか」

淡路は雅遠に慣れたようだが、葛葉と雅遠は、顔を合わせればこんな調子である。

「床板は助かりましたわ。でも、まさか左府様の御子息に、修理がおできになるとは思いませんでした」

賽を振りながら詞子が言うと、雅遠は得意げに顎を上げた。

「子供のころから、野分(のわき)の後に屋敷の壊れたところを直すのを手伝ってたからな。何ならそのうち、向こう側の渡殿も修理してやるぞ」

「それは……さぞ左府様やお母上様がお嘆きでしたでしょう」

「どうしてわかるんだ？」

「……」

わからないはずがない。左大臣の嫡子の特技としては、はっきり言って不要である。親にしてみれば、床板が直せるより、歌が詠めるほうがはるかによかったはずだが。

「ええ、まぁ……とにかく、いろいろお手をわずらわせてしまって、申し訳ございません」

「ま、入り浸ってるのは本当だからな。俺の手で足りることだったら、何でも言っていいぞ。——振らないのか」

「あ……はい」

出てきた目は一と二で、詞子は左手で右の袖を押さえながら、静かに白の駒をひとつ摘まんで、三つ先へ進めた。

……怖くなったわけじゃない。

連日の訪問に、雅遠の遠慮のないふるまいには慣れてきたものの、このままでは、いつか雅遠の身に災いが降りかかるかもしれないという恐れは、常に心の底にある。

本当は、慣れてはいけないのかもしれない。これからも雅遠がここを訪れることを、許してはいけないと思うのに。

「よーし、追いついてきたぞ。今日こそは勝つからな」

「まったく、よりによってこんな品のない方が出入りするようになるなんて……」

小言をつぶやきながら葛葉が奥へと戻っていき、廂には、詞子と雅遠だけになる。

雅遠は振って出た賽の目がどちらも一だったのを見て唇を尖らせ、駒を二つ進めてから、目を上げて詞子を見た。

「……またつまらんことを考えてる顔だな」

「え？」

「俺は楽しいし、どこも具合の悪いところはないし、物の怪の類いも見てはいない」

気づいてほしくないことには、よく気づくものだ。そのくせ遠慮がないものだから、すぐ口に出す。

「……こうしておりますと、ときどき忘れてしまいそうになりますけれど……あなた様は、本当はここに来てはいけない方ですから」

「そんなこと、すっかり忘れてしまえ」

下唇を突き出して、雅遠は鼻を鳴らした。

「俺はここに来たいから、勝手に来てるんだ。そなたが気にすることなんか何もない。だいたいそなたが気にしてるほど、俺は四条の家で気にされてないんだからな」

「……」

「嘘じゃないぞ。俺は母が皇女で、腹違いの弟よりふた月早く産まれたから嫡子ということになってるが、家でも世間でも、跡を継ぐのは出来のいい弟のほうだと思ってる」

二つの賽を手の中で転がしながら、雅遠は盤上の駒に目を落とし、淡々と話している。

「親だってとっくに俺の出世は諦めて、いまは姉が一日でも早く皇子を産むようにと祈ってるばかりだ。俺に期待してることと言えば、そうだな――できるだけ金持ちで、自分たちの味方になる家の婿になれってことぐらいで」

「……雅遠様は、それでよろしいのですか？」

雅遠が顔を上げると、目が合った。

「いいも悪いも、俺だって自分の頭の悪さぐらい承知してるからな。家のためには、弟が跡継ぎになるほうがいいんだってことは、充分わかってる」

そう言って、雅遠は賽を二個、宙に放り投げ――落ちてきたところを素早く受け止め、拳に握りこんだ。

「俺が本当に迷惑だというなら、考え直してもいい。が、鬼だとか呪いだとかにこだわってても、そんなもの俺を追い出す口実にはならないぞ。――俺のことは迷惑か、桜姫？」

「……」

　ずるい――と、思う。

　雅遠は以前、詞子の暮らしを窮屈そうだと言った。この状況に同情したということは、雅遠にも何かしら思うところはあるのだろう。左大臣家の跡継ぎたることを半ば諦めているような、いまの話を聞けば、その思うところに察しがつかないわけではない。

……それで、どうやって追い出せばいいの。

巻きこみたくはないのに、突き放しきれない。毎日毎晩、心のどこかでそれが揺れている。

「確かに……雅遠様のされていることは、世の人々がこうすべきだと考えていることから、外れてばかり、だと思いますが……それが迷惑かどうかは……」

「迷惑じゃないんだなっ？」

「……少なくとも、退屈はしておりません、ので……」

雅遠は幾分不満そうな顔をしたが、前のめりにしていた上体を引いて、うなずいた。

「ま、それでもいい。そなたが笑ってさえいればな」

「……え？」

「もっと笑え。笑ってるほうがいい」

詞子が目を瞬かせて雅遠を見ると、雅遠は首の後ろを掻きながら、ちょっと決まりが悪そうに視線をさまよわせ――賽を握りしめていた手を開き、あっと叫んだ。

「六だ、六！　両方とも！　よし、十二も進められるぞっ」

「……それ、筒から振りませんでしたよね？」

「細かいことは気にするな」

「そもそも次はわたくしの番です」

「いや？　俺だろ？」

「誤魔化しても駄目ですよ。わたくしです。賽をお返しください」

「……ちぇっ」

渋々賽を差し出した雅遠に、つい詞子の頬が緩むと、雅遠もころりと表情を変えて、歯を見せて笑う。

明るい人なのだ――と、詞子は思った。

そう、確かに誰だって、泣いたり怒ったりしているより、笑っているほうがいい。

雅遠は自身が明るいから、人が笑っているのを見るのも好きなのかもしれない。だから笑えと言うのだろう。

……うらやましいわ。

自分だって、もちろん人が笑っているのを見るのは好きだ。淡路にも葛葉にも、笑っていてほしいと思う。でも、自らの宿命が、そうはさせてくれないのだ。

でも――

詞子は筒に賽を入れて、床の上に振り出した。

「……五と、六」

「あーっ！」

「はい、この駒も上がり。だいぶ積めてきましたわ」

「……ぬぅ……。負けないからな……」

「ええ、わたくしも負けません」

雅遠が笑っていれば、心が動く。もしかすると、一緒に笑ってもいいのではないか、と。

……そんなはずはないのに。

我が身の呪いは、忘れろと言われて忘れられるものではない。

これはきっと、束の間の夢。いつまでも続くはずはない――

西の空が朱に染まりかけるころ、雅遠は桜姫の寝殿を辞して、庭から中門をくぐった。愛馬を繋いでいる車宿に行くと、七つか八つの童子と、その父親が、玄武に水を飲ませている。

「有輔、筆丸。世話になるな」

「あ——雅遠様！」

筆丸が勢いよく振り向き、有輔のほうもゆっくりと腰を折った。

「お帰りですか」

「ああ、出してくれ」

「かしこまりました」

筆丸が水桶を除けて、有輔が鞍の用意をしていると、有輔の妻の小鷺も、小走りにやって来た。望月のように丸い顔に笑みをたたえて、雅遠に頭を下げる。

「今日は結構なものを頂戴いたしまして、まぁ、ありがとうございます。近ごろは市に行きましても、油も甘葛も値が上がっておりますもので……」

「俺は甘いものは好かないから、みんなおまえたちで使っていいんだからな。他に何か欲しいものがあれば、都合つけてくるぞ」

ここへ来る前に市に寄ることもあるので、ついでと思って雅遠が軽く応えると、小鷺は丸い目をみるみるうちに潤ませた。

「まぁまぁ……本邸の中納言様ですらこちらのことなど気にもかけてくださらないというのに、何ておやさしい……。本当に雅遠様のような御方がおいでくださって、あたくしどもが心強いのはもちろんですけど、姫様もどんなにお喜びか……！」

当の桜姫は、そこまで喜んでくれているかどうか。感極まった様子の小鷺に、雅遠は曖昧な笑いで誤魔化すしかなかった。

「ははは……あー、じゃあ、また来るからな。筆丸、いま新しい鞠を作ってるんだ。それができ上がったら、前に使ってたのを持ってきてやれるから、もう少し待っててくれ」

「はい、待ってます！」

たった三人だけの雑色の見送りを受けて、雅遠は白河の別邸を後にした。

……いいところなんだよな。

葛葉には相変わらず嫌われているし、たまに瑠璃にも嚙みつかれ、玻璃は関心があるのかないのか滅多に寄りつかないものの、淡路や有輔、小鷺らは自分に好意的だし、筆丸も懐いてくれて小さい弟ができたようだ。

問題は、桜姫である。かなり打ち解けてきたかと思えば、さっきのように、自分を拒もうとする。呪いのことを気にしているのだということはわかるが、何事もないのだから、あんなに痛々しい顔などすることはないのに。

……俺にはわかるんだからな。つまらんこと考えなきゃいいんだ。

本人は、心を隠しているつもりなのだろうか。目を見ればすぐにわかるのだが。

帰りは行きよりも、乗り手の手綱さばきが鈍いのがわかるのか、玄武はいつも時間をかけて、四条の邸宅へ辿り着く。

愛馬を厩（うまや）に入れてから西の対へ戻ると、出仕していた保名が、すでに帰っていた。

「お帰りなさいませ。……今日も遠乗りですか」

「いい季節だからな」

多くを語らなければ、隠し事というものは案外保てるものだ。

保名は思いきり呆れた顔で、大きくため息をつく。

「いいですねぇ……雅遠様は気楽で」

「嫌みだと思っておくべきか？」

雅遠は脱いだ狩衣と単を手早く伏籠に掛け、別の単を大雑把に羽織ってから、すぐに香の支度を始めた。白河から帰ると、桜姫の衣の香りが、自分の着ているものに微かに移っているのだ。鼻が利く女房などに怪しまれる前に、自分の香でそれを消さなくてはならない。

「何でもいいですけどね。今日はひどい目に遭いましたよ。雅楽寮（ががくりょう）の失せ物探し（ものさがし）に駆り出されて、あっちをひっくり返し、こっちをひっくり返し——」

「雅楽寮？　大膳職（だいぜんしき）のおまえが、何で雅楽寮の失せ物を探さなきゃならないんだ」

雅遠の乳兄弟である保名は、雅遠の父の引き立てで、若年ながら正七位上（しょうしちいのじょう）で大膳少進（しょうじょう）になっている。宮内（くない）省管轄の大膳職は、朝廷での宴の料理などを整える役目であり、治部（じぶ）省下の雅楽寮とは別の職務のはずだが。

「いえ、その……通りすがりに雅楽寮の知り合いに声をかけられまして、そのまま何となく」

「……引っかかったな」

火取（ひとり）を伏籠の下に押しこんで、雅遠はようやく単を着直した。

「それで雅楽寮は、何をなくしたんだ？」

「陵王（りょうおう）の面です」

「陵王？　舞楽（ぶがく）で使う面がなくなったのか？　面なんか、そんなに小さいものじゃないだろ。なくすようなもんじゃないと思うが」

「私もそう思うのですが――」

保名は困り顔で首をひねった。もとがいかにも人の好い顔立ちをしているので、心底困っているといったように見えてしまう。

「何しろ、どこを探してもありませんので……結局、今日のところは見つからぬままです」

「なくなってたのは陵王だけだったのか？」

「ええ。他のものは面も衣装も揃っていました。陵王だって、なくなっていたのは面だけで、衣装はちゃんとあるんですよ」

「ふーん……」

雅遠は話をしながら、火取をしきりに揺すって、早く香の匂いを衣に移そうと試みていた。もっとも、そんなことをしても、ただの気休めでしかないのだが。

「雅楽寮は最近、楽所に仕事を取られっぱなしだと聞いてるぞ。それで大方、物の扱いも雑になってたんじゃないのか。何にしても、無理に失せ物探しに付き合わされたおまえが気にすることじゃないだろ」

「そうなんですが、面を管理していた者たちは気の毒ですよ。このまま見つからなければ、どんな咎めを受けるかと、真っ青になっていましたから……」

「ま、気の毒だが、なくしたことに違いはなし——あちっ」

揺すりすぎて、熱くなった中の灰が飛び散ってしまった。雅遠は慌てて手を引っこめる。

「さっきから何をなさってるんですか、雅遠様……」

「いや、別に。——誰も持ち出してないなら、盗まれたんじゃないのか？」

「面だけ盗むんですか？　何のために？」

「俺に訊いてもわかるわけないだろ」

手の甲を吹き冷まして、雅遠はさっさと立ち上がる。

「さて、と。腹が減ったな。何か食うものはあるか？」

「……本当に雅遠様は気楽でいいですね……」

「おまえも飯にしろ。満腹になれば嫌みも出なくなるぞ」

保名は額を押さえてさらに大きなため息をついたが、無官の雅遠にとっては、宮城内の失せ物など、遠い話でしかなかった。


「あ——駄目よ、瑠璃」

階の下に脱ぎ置いてあった雅遠の沓を、瑠璃が前足で蹴っているのが見えて、詞子は慌てて腰を浮かせ、御簾の内から声をかけた。悪戯が見つかった瑠璃は足を引っこめたものの、沓に向かって忌々しそうに鼻を鳴らし、階を上っていく。

「おまえいつまで経っても俺を嫌ってるなー、瑠璃。このまえ持ってきてやった干魚は気に入らなかったのか？」

「雅遠様がお帰りになってから、全部食べていましたけど……」

そんな話はしなくていいとでも言うように、瑠璃がぶぅ、と妙な声を出す。雅遠は笑って、それから、ふと首を傾げた。

「……猫ってのは、物を隠したりするか？」

「え？　さぁ、どうでしょう……」

少し離れたところに座って縫い物をしていた淡路が、顔を上げた。

「どこからかおかしなものを持ってきたりはしますけれどねぇ。物を隠すのは犬ではありませんか？」

「あー、そういえばそうだな……」

雅遠は手に筆を持ったまま、立てた片膝の上に顎を乗せて、何か考えている。

今日は双六でも昼寝でもなく、絵を描くのだと言って、雅遠はたくさんの紙を持ってきた。さっきからとりとめもなく様々なものを描いては、床いっぱいに散らかしているのだが、これが意外と上手い。

「……どうかされましたか？」

見るのは好きだが描くのは苦手な詞子は、筆を取らずに雅遠の描いたものを眺めている。

「いや？　俺の乳兄弟がな、大膳職に勤めてるんだが、昨日、雅楽寮の失せ物探しに駆り出されたと愚痴をこぼしててな。陵王の面がなくなったらしいんだが、結局見つからなかったそうだ」

「それで、猫が隠したのではないかと？　大内裏でも猫を飼っておられるんですか？」

「わからんが、鼠除けに飼っててもおかしくないんじゃないかと思っただけだ」

「……それなら、丸ごと鼠にかじられたんじゃないですか」

淡路と一緒に小袿のほころびを繕っていた葛葉が、ぼそりとつぶやいた。

「あー、そのほうが当たってるかもな。何だ葛葉、冴えてるじゃないか。よし、帰ったらあいつに鼠を捕まえろって言っといてやろう」

「まぁ、褒められたわよ葛葉」

「全然嬉しくありませんね」

あからさまに嫌がっている口調に、淡路が笑いを堪えつつも、葛葉の膝を小突く。

「猫か、鼠か——」

雅遠は筆に墨を含ませ、詞子に差し出した。

「何です？」

「猫なら描けるんじゃないか？」

「……」

「ほら、一枚ぐらい描いてみればいい」

詞子は筆を受け取り、瑠璃を見ながら手近な紙にその姿を写そうとしたが、描けば描くほど、猫ではない物体になっていく。……これは何だろう。

「狸……いや、猪？　むしろ鼠？」

「……ですから、絵は苦手だと申し上げましたっ」

早々に筆を置いて、詞子は猫もどきをくしゃくしゃに丸めた。雅遠は遠慮なく声を上げて笑っている。

「いやー、桜姫の弱点は絵だったか。囲碁では駄目だが、絵なら俺も勝てるわけだ」

「……二度と描きませんよ」

「面白いからもっと描け。犬、描いてみるか？」

「描きません」

雅遠は笑いながら、筆を拾い上げて墨をつけ、さっき馬を描いた紙の余白に、また何か描き始めた。丸い目、大きな鼻――人の顔だろうか。

「……それは？」

「陵王の面だ」

淡路が、ふと振り返る。

「……陵王とは、確か、おめでたいときの舞楽でしたよね？　唐の……？」

「ええ。正しくは『蘭陵王』ね。唐よりもっと昔の話だったかしら」

「昔だな。――蘭陵王という、えらく顔のいい将軍がいて、戦で指揮をしようとしたんだが、あんまり顔がいいもんで、みんな将軍ばっかり見ててちっとも戦わない。仕方なく、こういうおっかない面を被って指揮したら、それでやっと戦ができて、勝利したそうだ」

話しながら、雅遠は軽快に筆を走らせていく。

「はぁ……皆が見とれるほどだなんて、どんなにお美しい御方だったんでしょうねぇ。お目にかかってみたかった……」

「みんな戦いたくなかっただけなんじゃないですか」

「葛葉……夢がないわ……」

淡路と葛葉の会話は、詞子の耳には届いていなかった。

詞子は、じっと雅遠が描いた陵王の絵を見ていた。

……似ているわ。

舞など、もう何年も見ていない。ましてや陵王は、たしか母がまだ生きていたころに一度見たことがあるような気がする——というほどの記憶しかなかった。

だから、思い当たりもしなかったのだ。

「あれは……この面の……」

「うん？」

雅遠が顔を上げ、詞子の表情に、微かに眉を寄せる。

「どうした？　桜姫」

「……淡路、葛葉」

呼ばれた女房二人が、針と衣を置いて、詞子の側にやってきた。

「ねぇ――似て、ない？」

「え？」

詞子が指さす陵王の絵に、淡路は首を傾げ、葛葉は目を近づけてよく見ようとする。

「この顔よ。この面。あの夜、入ってきた……あの子を連れていこうとした……」

「鬼？」

淡路があっと叫んで口を押さえ、葛葉も弾かれたように詞子を振り返った。

「えっ……ええ！　言われてみれば、そう――」

「……あのときは暗かったですし、遠目であたしにはよくわかりませんでしたけど、似ていると言われれば似ているような気がしますね」

「何だ、おい、何の話だ？」

雅遠が淡路と葛葉を見比べつつ、詞子の顔を覗きこむ。

「……わたくしが、ここに来ることになったいきさつは、御存じですね？」

「あー、二条中納言の家に鬼が出て、そなたが呼んだの何のとくだらんことで――」

「その鬼の顔が、似ていたのです。……この絵の面に」

「何？」

雅遠は、自分が描いた絵を眼前にかざして、顔をしかめて眺めた。

「……俺は陵王の面をそのまま描いただけだぞ。鬼の顔か面か、わからなかったのか？」

「ひどい雷雨の夜です。もちろん月明かりもありませんし、姿が見えたのは、稲光の一瞬ぐらいでしたから……目と口の大きな、髪の逆立った恐ろしい姿には思えましたけれど」

雅遠の絵の面は、丸く大きな目、しっかりとした鼻、歯を剝いた口、そして頭の上に、竜の飾りが付いている。逆立った髪に見えたのは、この飾りだったのかもしれない。

「なぁ、いったいどういう状況だったんだ？　その……鬼が出たというのは」

「……」

詞子と淡路、葛葉は、しばし顔を見合わせ、詞子の表情を見て、淡路が少し膝を進めた。

「如月の中ごろの、雷雨は憶えておいでof でしょうか」

「憶えてる。すごかったな」

「あの夜、姫様とわたしどもが休んでおりましたところ、同じ対の屋にお住まいの中の君のところで、女房たちがひどく騒ぎ出しまして……」

「……同じ対の屋でも、こちらは隅の小さなひと間に追いやられていたんですがね」

葛葉が、小声で低く付け加える。

「初めは雷に怯えているのかと思いました。ですが、そのうち鬼だ鬼だという声がしまして、わたしどもも見にいってみましたら……」

「いたのか」

「はい。それもすでに部屋の中まで踏みこんできておりまして……姿は人とは思えませんでしたし、恐ろしい唸り声を上げていました」

「ふーん……」

雅遠は眉間に皺を刻み、片膝を抱えたまま、身を乗り出してきた。

「それで？　その鬼はどうしたんだ」

「女たちの髪を摑んだりして暴れまわっておりました。ですが、姫様が人を捜しているようだとお気づきになって……」

「誰を？」

「……わたくしの妹ではないかと」

詞子は、ゆっくりと顔を上げた。雅遠が、こちらを見ている。

「そなたの妹というと、中の君か」

「はい。……鬼が、『薔薇の君』と言っているように聞こえました。妹は、薔薇の描かれた檜扇を、好んで使っておりましたから。それに……」

「それに？」

「……鬼は、妹を見つけると、腕に抱えて、外に連れ出しました」

雅遠が大きく目を見開いて、背筋を伸ばした。

「さらっていくつもりだったのか！」

「そのようでした」

「それで？　どうしたんだ？」

「……」

詞子が黙りこみ、淡路と葛葉も、それぞれ何となく視線を逸らす。

言いづらい。……まさか自分が矢を射かけて追い返したとは。

「どうした？　もしや中の君がそのままさらわれたとかいうんじゃ……」

「いえ。……妹は、取り戻しました」

「それならよかったじゃないか。しかし、わざわざあんな夜にさらいに行っておきながら、よく鬼は中の君を放したな」

「……矢で、追い払いましたので……」

「ああ、なるほど。さすがの鬼も、矢には勝てなかったか」

よもや詞子が弓を引いたとは、雅遠も思わなかったのだろう。納得した様子の雅遠に、詞子は内心ほっとする。淡路と葛葉も、肩の力を抜いたようだった。

「その鬼の顔が陵王の面に似ていたんだとすると、そやつは鬼ではなく、面を被ったただの人間だったのかもしれないな？」

「……そう……ですね」

よくよく思い出してみれば、顔は恐ろしい形相だったが、首から下は、水干姿の男だった。体つきも、ものすごく大きかったということもなく、ごく普通だった気がする。

「と、すると――だ。その面が陵王だったとしたら、そいつが雅楽寮から盗んだと考えられなくもないわけだ」

「妹をさらうために、そのようなところから面を？」

「さらうためというか、ま、顔を隠すためだろうがな」

「……顔を隠すためだけでしたら、何も盗んだ面でなくともいいように思いますが」

「あ。……そうか」

雅遠が、また背を丸めてしまう。

「ですが……もし、わたくしたちに、人ではなく鬼だと思わせるためだったとすれば、あえて恐ろしい面を使う理由にはなるかもしれません。現に、皆、とても怯えておりましたから……」

ああ――と、雅遠は大きく声を上げた。

「そうだな。そうかもしれん。鬼なら誰しも手強いと思うが、ただの人なら、屋敷に乗りこんできたところで、女をさらう前に袋叩きにされて終わりだろうしな」

雅遠は感心したようにしきりにうなずいていたが、詞子は表情を曇らせていた。

……あれが、人だったのなら。

あのときは艶子を助けなければならないと、ただそれだけしか考えていなかった。だが、あれが異形の者ではなく、面を被った人間だったとしたら——

「……怪我を……」

「うん？」

「逃げていくとき、鬼は、足を引きずっていました。……矢が当たって、怪我をしたのかもしれません」

「手負いで逃げたのか」

雅遠が顎をひねり、唸った。

「舞楽の面などは、誰もが持ってるものではないな。もし自分を鬼だと思いこませるために陵王の面を使おうと考えて、雅楽寮から盗み出し、それで中納言邸に押し入ったんだとすると……足に怪我をしてる者が盗人、ということになる、が……足に怪我をした者が、都に何人いるか……」

葛葉がいつもより抑えた口調で、少し早口に言う。

「仮にそういうことだとすれば、雅楽寮の中、それも陵王の面の置き場所を、もとから知っている者でもなければ、そうたやすく盗めるものではないでしょう」

「ああ、なるほど」

手を打って、雅遠はまた大きくうなずいた。

「そうだな。どこに置いていたのか知らんが、ああいうところは、昼夜それなりに見まわりがいるもんだし、簡単には——」

そのときふいに、階に寝そべっていた瑠璃と玻璃が飛び起きて、鋭い声で鳴き始めた。玻璃が廂に駆けこんでくると、雅遠の袖をくわえて引っぱろうとする。

「何だ？　どうした？」

「……お静かに！」

葛葉が険しい顔で腰を浮かせた。瑠璃も鳴くのを止めて、身構えている。

皆が耳をそばだてたところに、遠くのほうから、掛け声のようなもの、何か重いものが転がるような音が聞こえてきた。

「……牛車が通るのか？」

「あれは——うちの、では……」

淡路のつぶやきに、詞子と葛葉も顔を見合わせた。確かにあの間延び（まの）した掛け声は、二条中納言家の牛飼童（うしかいわらわ）が、牛車の牛を追うときの独特の調子である。

「誰かいらしたのでしょうか？　殿が？　それともまさか……」

「──急いでここを片付けて！」

言いながら、詞子は床に散らばった紙を手早く掻き集める。すでに声が聞こえるところまで一行が来ているなら、いまから雅遠を帰すのは間に合わないだろう。

「淡路、雅遠様の沓を。葛葉は有輔に知らせて……」

「──姫様、姫様！」

筆丸が庭先へ息を切らせて走ってきて、高欄の下から声を張り上げる。

「本邸から人が来ます。いま見てきたんですが、中の君様みたいです」

「あの子が？」

「何だ、妹が遊びにきたのか？」

「遊びに来るような子ではありません。──筆丸！　雅遠様のお馬をどこかへ……」

「いま父が下屋に移しました！」

「助かるわ。あとは……」

詞子はあたりを見まわした。紙と筆は葛葉が取りまとめ、淡路が持ってきた雅遠の沓と一緒に西の塗籠に隠しに行った。残るは本人を隠せば、雅遠がここにいた痕跡はないわけだが。

「──雅遠様」

詞子は立ち上がり、雅遠の袖を引いた。そうしている間にも、牛追いの声が、どんどん近づいてきている。

「申し訳ございませんが、あなた様をしばらくお隠しいたします」

「あ、ああ」

雅遠は面食らった様子だが、いまそれに構っている余裕はない。左大臣の息子がここに来ているなど、艶子やおしゃべりな本邸の女房たちに知れれば、それはもう、世間に知れ渡ったのも同じことだ。

詞子は部屋の奥にある、自分が普段使っている東の塗籠に、雅遠を押しこんだ。

「こちらへ。きっと長居はしませんから、灯りは点けないでください。もし誰かがここを開けるようなことがあったら、そこにわたくしの衣がございます、被って隠れていてください。――瑠璃、玻璃、おいで！」

落ち着きなく歩きまわっていた猫たちが、すぐに駆け寄ってくる。

「おまえたちもここにいなさい。雅遠様をお守りして。あの子が帰るまで、ここから出てはいけませんよ」

「桜姫――桜姫」

妻戸を閉めようとして、雅遠に肩を摑まれた。

「どうした。……いや、もちろん俺が見つかるのは困るんだろうが、それにしても、そなた顔色が悪いぞ。真っ青じゃないか。たかが妹が来るぐらいで……」

雅遠が心配そうに、顔を覗きこんでくる。……いつもの、まっすぐな目。

まさか艶子がここに来るなど、考えもしなかった。いったい何の用があってか知らないが、少なくとも、いい話であるはずがない。

……聞いてほしくない。

雅遠には。……雅遠にだけは。

詞子はうつむき、そして、顔を上げた。

「何でもありません」

「桜姫」

詞子はそっと、肩から雅遠の手を外した。

触れてしまった手はあたたかく、指は見たとおり、節くれだって硬かった。

「身内同士の話など、他所の方にはお聞き苦しいこともございましょう。……どうか、耳を塞いでいてください。耳を塞いで……絶対に、聞かないでください」

「……桜――」

微かに途惑いの表情を浮かべた雅遠に、せいいっぱい笑ってみせて、詞子は妻戸を閉めた。

門のほうが、騒がしくなっている。

「姫様……」

振り向くと、淡路が不安そうにこちらを見ていた。葛葉の顔も、強張っている。

「二人は縫い物の続きでもしてなさい。何も変わったことなどないように、ね」

「……はい……」

「大丈夫よ。何の用事にしても、あの子がわたくしのところに長居をしたことはないわ」

覚られてはいけない。何も。

詞子は大きく息を吸い、雅遠がいても使うことのなかった檜扇を手に、いつもの廂ではなく、東の塗籠を背に隠すようにして腰を下ろした。


……何なんだ、いったい。

桜姫の妹、二条中納言の中の君といえば、さっき話題にしていた鬼にさらわれかけた姫君のことだ。鬼にさらわれるような姫君というのにも興味がなくはないが、それより桜姫の様子のほうが気になる。

さっき思わず肩を摑んでしまった。それを退けた桜姫の指先は、ひどく冷たかった。

足元を見ると、瑠璃と玻璃がしきりに尻尾を動かしながら、閉まった戸のほうを気にしている。猫までも素振りがおかしいとは、どういうことか。

「……」

小さな明かり窓ひとつの塗籠は、昼間でも薄暗い。何となく見まわしてみると、几帳がひとつ、その向こうに縁のない畳が一枚と、その上に茵、枕があり、濃い色の衣が脱ぎ置かれている。

……ここを寝所にしてたのか。

枕元に香炉があり、息をすると、桜姫の香りが、いつもより強く感じられた。

他に隠れられるところがなかったのはわかるが、さすがに寝所に入ってしまったのは何となく気まずく、落ち着かなくて、雅遠は瑠璃、玻璃と一緒に、塗籠の中をうろうろと歩きまわってしまう。

と——急に表で、人の声が聞こえ始めた。女の声で、少なくとも四、五人はいそうだ。

「……」

葛葉らしき声も聞こえた。何か言い争っているようである。他の聞いたことのない声も、どことなく喧嘩腰だった。もしかしたら、仲が悪いのかもしれない。それなら桜姫の様子がおかしかったのも——

「鬼姫！　いるんでしょう!?」

甲高い若い女の声が、壁を通してもよく聞こえた。衣擦れの音や、女にしては荒っぽい幾つかの足音もする。雅遠は塗籠の中で突っ立ったまま、耳をすました。

……いま、鬼姫って言わなかったか？

「そんなに大きな声を出さなくても聞こえるわ」

桜姫の声は、そう遠くないところから聞こえた。近くに座っているらしい。

「あなたがここに来ることなんてないと思っていたわ。珍しいわね」

「来たくて来るはずないでしょ！」

口調がきついせいか、やけにうるさく聞こえる。声そのものは悪くないのかもしれないが、桜姫のやわらかい声と比べると、雲泥の差だ。

「それなら、何故ここに来たの。用があるなら、誰かを寄越せば済むでしょう」

「あんたがあたくしを呪っているからよ、鬼姫」

言った。……間違いなく、鬼姫と。

妹までもが姉を鬼姫と呼んでいるのかと、雅遠が目を見開いたとき、別の声がした。

「姫様は、こちらの方が本邸を出られてからこれまで、ひどい熱病でずっと寝こんでおられたのですよ」

「……元気そうだけれど？」

「お父様があちこちに加持を頼んでくださったのよ！　苦しくて苦しくて、ものすごく苦しくて、死ぬかと思ったわ！」

「……治ってよかったわね」

「あんたのせいじゃないの！　白々しい！」

このやかましい女は、本当に桜姫の妹なのだろうか。確か、前に花見の宴で、二条中納言の中の君は年のわりに色気があるとか美人だとか、誰か言っていたように憶えているが、嘘ではないだろうか。

「わたくしのせい……」

「そうよ！　鬼姫、あんたがうちから追い出されたのを恨んで、あたくしが病になるように呪ったのよ！」

これは何なのか――

瑠璃と玻璃が、妻戸に向かって唸り始めた。怒っている。無理もない。あまりの言い種に、雅遠も思わず拳を握りしめ、一歩を踏み出しかけて、畳の下からはみ出していたものに足を取られ、すべりそうになってしまう。

「……？」

はみ出していたのは紙だった。手紙かと思ったが、文字が書いてある様子はなく、何かが挟んである。物音を立てないように腰を屈め、そっと引き抜いてみると、二つにたたんだ紙のあいだから、何かが落ちた。拾い上げて、小窓からの明かりにかざしてみる。

……あ。

花だった。小さな――たぶん、雅遠にも心当たりがある花。

……まだ持ってたのか。

菫の花だ。雅遠が瑠璃に託して、桜姫に届けた。とっくに捨てたのだと思った、というより、雅遠ですら忘れていた花を、おそらく形を残そうと、畳でのしていたのだろう。

「……」

雅遠は菫を紙に挟んで、もとどおり畳の下に入れた。

こんな小さな花すら大事にとっておく、桜姫に、誰を呪えるものか。

何が鬼姫だ――

「何の話かと思えば、姫様がそんなことなさるはずがないでしょう」

「お黙り！」

葛葉のもっともな言い分を、中の君が切って捨てる。

「さぁ、おっしゃい。――どうやってあたくしを呪ったの。ここに何か、あたくしを呪った道具があるでしょう。庭に何か埋めた？　人形？　怪しいものはないの⁉」

「……あれだけ雨にあたれば、体が冷えて具合も悪くなるでしょうね」

いきり立つ中の君とは逆に、桜姫はごく落ち着いていた。

「とにかく、治ったのなら無理をせずに、早くお帰りなさい」

「誤魔化さないでよ！　あたくしを殺して、本邸に帰るつもりなのね!?」

「そんなつもりはないわ」

「嘘おっしゃい！　鬼を呼んで、呪いまでかけて——あのときだって、あたくしを射殺そうとしたんでしょ！　鬼を射るふりをして、あたくしを……！」

……鬼を射る？

そういえば、さっき中の君をさらおうとした鬼を、矢で追い払ったと言っていたが。

「ちゃんとお父様に聞いたんだから！　あたくしに矢が当たったらいけないからって、お父様が止めたのに、あんたが弓を引いたって——」

……まさか、矢を射かけて鬼を追い払ったのは、桜姫だってことか？

あの見るからに細い肩で、どうやって弓を引いたのだろう。というより、本当に引けたのだろうか。引けたとしたら、たいしたものだ。

「……あなたの宿世(すくせ)は、とても強いわ。わたくしなどより、ずっと」

桜姫の声は、落ち着いていて——落ち着きすぎているほどで、何故か、哀しく聞こえた。

「でも、わたくしは違うわ。わたくしは、天命であなたを守るようにさだめられているの。だから、わたくしは自分で弓を引いたわ。……わたくしの射た矢は、絶対にあなたには当たらないから」

「馬鹿なことばっかり……！　あたくしがそんな下手な嘘を信じると思ってるの!?」

……本当に何なんだ、この女。

さっきから言っていることが滅茶苦茶だ。だいたい桜姫に中の君をどうにかする気があるなら、わざわざ弓など引かなくとも、黙って鬼にさらわれていくのを見ていればいいだけのことだ。桜姫が射た矢で鬼が退散したというなら、むしろ中の君は、桜姫に助けられたのではないか。

「みんな！　ここに絶対、呪詛の道具があるのよ。探し出して——」

「いいかげんにしてください。いくら妹君とはいえ、失礼にもほどがあります」

「何ですって!?」

「まぁ、どっちが失礼だっていうの！」

葛葉の言葉に、おそらく中の君の女房たちだろう、女たちが一斉に騒ぎ出した。

……冗談じゃない。

家探し(やさが)されて自分が見つかるよりも、中の君のあまりに身勝手な言い様に、雅遠は歯を食いしばった。いっそ出ていって、桜姫の代わりに存分に罵(ののし)ってやりたかったが、何のために隠れているのかを思えば、我慢するより他にない。

ここに来られなくなるのは嫌だ。だが、このまま黙っているのも嫌だ。

瑠璃と玻璃が、犬にも負けない唸り声を上げている。自分たちの主がずいぶん理屈に合わないことを言われていると、わかっているのだ。

「……瑠璃、玻璃」

雅遠は屈んで、声をひそめて二匹を呼んだ。

「俺が代わりに叱られてやる。行ってもいいぞ。……桜姫を助けろ」

返事をするように、瑠璃が歯を剝いた。玻璃は黙って、姿勢を低くする。

壁の向こうでは、まだ女房たちの口論が続いていた。雅遠が妻戸をそっと押してわずかな隙間を作ると、瑠璃と玻璃がすかさず飛び出していく。

間なしに、絶叫が響いた。

「きゃーっ！　何なのっ!?」

「痛い！　姫様、危な……痛っ！」

「何するのっ、この猫――」

派手な悲鳴と物音に、こっそり隙間から覗いてみると、瑠璃と玻璃が元気よく鳴きながら女房たちの顔めがけて飛びかかったり、髪をくわえて走りまわったりしていた。

「瑠璃――玻璃、やめなさい！」

いつもは桜姫の言うことなら一度できく二匹だが、これは話が別だと言わんばかりに、頭を抱える女房の肩に飛び乗って吠えかかり、遠慮なく衣にばりばりと爪を立てるのを、雅遠も妻戸の陰から、もっとやれもっとやれと小声でけしかける。

「いやっ！　ちょっと、何なのこれ——きゃっ！」

この声は中の君だ。隙間からちらりと見えた顔は、悪くはないようだが、玻璃に袖を噛みつかれて大慌てしている様はむしろ滑稽で、色気だの美人だのとはほど遠く、雅遠は口を押さえて笑いを堪えていた。

「痛っ……何とかしなさいよ、鬼姫！」

「……珍しく言うことをきいてくれないから、何ともしようがないわ」

「あんたがやらせてるんでしょー!?」

桜姫のせいにされるのは不本意だ。もう、このくらいでいいだろうか。

雅遠が大騒ぎしている女たちの耳には聞こえない程度に、ひゅっと短く口笛を吹くと、玻璃は中の君の頭から飛び降り、瑠璃も女房の額を蹴って床に着地して、桜姫のほうへと駆け寄った。

猫の攻撃から解放されて、女たちがほっと息をついたところに、静かな、けれども凛とした声がする。

「艶子」

桜姫が、立ち上がった。

「帰りなさい、艶子。……わたくしがあなたを呪い殺すと思っているなら、こんなところへ自ら来るべきではないわね」

いまのが、中の君の名前だろうか。いや、そんなことより――

「ここは鬼の住処よ。あなたもわかっているでしょう？　早く帰りなさい。でないと、次に出てくるものが猫とは限らないわよ。わたくしは、鬼も呼べるんだから……」

桜姫の顔は見えない。

顔は見えないが、声はひどく哀しく、胸が押し潰されそうなほどに重かった。それが何故か悔しくて、雅遠は奥歯を軋ませる。

女房たちが怯えた悲鳴を上げ、次々と逃げ出した。中の君も何かわめきながら、女房に引きずられるようにして去っていく。

桜姫は、じっと立ちつくしていた。

中の君の一行は、来たときよりももっと速く離れていったようで、人々の喧騒はみるみるうちに遠ざかっていったが、部屋の中では、まだ用心して誰も動かなかった。

牛車の音が微かになったころ、もう出てもいいかと身を起こした雅遠の目の前で、桜姫の頭が、ふらりと傾いだ。

「――桜姫！」

雅遠は塗籠から飛び出し、膝を折って崩れかけた小さな体を後ろから抱きとめる。

「姫様……！」

「大丈夫ですか、姫様っ」

桜姫は、両手で顔を覆っていた。肩が小刻みに震えている。

「休ませる。そこ片付けてくれ」

「は、はい」

雅遠はそのまま、桜姫を静かに抱き上げた。前に担いだときにも思ったが、軽い。

廂に敷かれた茵まで桜姫を運んで座らせ、雅遠もその傍らに腰を下ろした。瑠璃と玻璃が暴れた名残の、倒れた几帳を淡路と葛葉が起こす。

桜姫の顔色はさっきより青白く、無理に息をしようとしているのか、肩が浅く上下していた。これは尋常ではない。

「大丈夫か、桜──」

肩に触れたそのとき、桜姫が打たれたようにびくりと顔を上げ、雅遠の手を振り払った。

「……桜姫？」

「あ……」

その動作に桜姫自身が驚いたかのように、一瞬、自分の手と雅遠の顔を見比べ──そうして、痛々しいほどに表情を歪めた。

「……お帰りください……」

「なに?」

「もう、おいでにならないでください」

桜姫の言葉に、雅遠は息をのむ。

「これでおわかりでしょう。わたくしは妹にも鬼と呼ばれているのです。何かあれば、悪いのはすべてわたくしなのです。わたくしは鬼です。あなた様は、やはりわたくしに関わってはいけない──」

「桜姫!」

叱責に近い、強い口調で雅遠が遮ると、桜姫は息ごと言葉を止め、雅遠を見た。

「帰らないからな。そなたがそんなことを言ってるうちは、俺は絶対に帰らない」

堰(せき)を切ったようにあふれ出た桜姫の言葉は、他の誰でもない、桜姫自身を傷つける。

そんな言葉はもう聞きたくなかった。

「自分で自分を、鬼だなんて言うな。俺は前からそう言ってるぞ」

「わたくしは呪い持ちです。関われば、あなた様にも災いがあるかもしれないのです」

「これも何度も言うけどな、災いなんてないし、俺はそなたと関われないのは嫌だ」

桜姫の瞳が、微かに揺れる。

「どうして……」

「俺はそなたと妹に何があったのか知らんが、そなたが鬼じゃないってことは知ってる」

桜姫は大きく目を見開き、瞬きもせず雅遠を見つめている。

「……鬼……です」

目を逸らさず、それでも、その声にはさっきほどの強さはなかった。

「わたくしは……ずっと、呪いを持った、鬼……」

「鬼じゃない。桜姫だ。俺にとっては桜みたいに小さな、ただの姫君だ」

「……」

開きかけた小さな唇、いっぱいに開かれた目は、信じられないとでも言いたげだった。

雅遠は、ただまっすぐに、桜姫の瞳を見つめ返していた。

……信じろ。

何があったのか、世間からどう言われているのか、そんなことはどうでもいい。

いま目の前にいるこの姫君が、鬼だとは思えない。世の中の誰に鬼だと言われても信じない。——絶対、鬼なんかではない。

やがて、桜姫はふっと目元を緩め、唇を引き結んだ。

「先ほどの話……」

「うん？」

「……どこまで、聞いておられましたか」

「ああ、全部聞いてた」

「聞かないでくださいと、お願いしましたのに……」

「耳を塞いでおかなかったことは謝る。けどな、しょせんあんなところじゃ、話し声は筒抜けだぞ。俺としては、出ていかなかっただけでも褒めてもらいたいくらいだ」

思わず乱暴な口調になってしまい、桜姫が困惑の表情を浮かべる。

「……あなた様が出てこられて、どうなさるんですか」

「叩き出すに決まってる」

「は……？」

雅遠は口を尖らせ眉間に皺を刻み、鼻を鳴らした。

「あれはそなたの妹がおかしいんだ。身内を鬼呼ばわりとは何だ。俺に文句を言う前に、妹を怒ってやれ。姉に対して何て言い種だと。あれで瑠璃と玻璃が行かなければ、俺があの女どもを、みんな外に放り出してたぞ。――おい、瑠璃、玻璃、よくやったな」

大暴れした二匹は、いまは悠々と廂に寝そべって、得意げに尻尾を振っている。

「驚きましたけれど……結果として、早く帰っていただけてよかったのでは……」

「放り出していただいてもよかったですよ、あたしは」

淡路は安心したように目じりを下げたが、葛葉はまだ小鼻に皺を寄せ、肩を怒らせていた。

「何だ、放り出してよかったのか」

「今度また来るようなことがあれば、ぜひお願いしたいですね」

「葛葉から頼まれ事をされる日が来るとは思わなかったな。間違いなく憶えておくぞ」

「……無茶なさらないでください……」

そう言ってうつむいた桜姫の頰には、ようやく少し赤みがさしてきていたが、表情はまだ、どことなく冴えない。

しばらくして、押し黙っていた桜姫が、ためらいがちに口を開いた。

「……恐ろしいとは……」

「うん？」

雅遠は桜姫の顔を覗きこんだが、桜姫はまだじっと下を向いている。

「自ら弓を引いて、鬼に矢を射かける女など……恐ろしくは、ありませんか」

「……は？」

そういえば、そんなことも言っていたが。

「本当に、そなたが射かけたのか？」

「……わたくしが射かけました。皆怯えて、誰も手出しできずにいましたので……」

「よく弓が引けたな。普段から使っていたのか？」

「いいえ……。初めてでしたので、見様見真似で使いました。葛葉に引くのを手伝ってもらいましたが……」

「それで鬼まで届いたのか……！」

初めて弓を使って、しとめるまでいかなくても、手傷を負わせることができたとなれば、ますますたいしたものだ。

「そなた、いい腕前をしているんだなー。素質があるんじゃないのか？」

「……え？」

やっと振り向いた桜姫は、目を丸くしていた。ついいましがたまでの、思い詰めたような気配は消えていて、雅遠も内心で、ようやくほっとする。

「いや、二人がかりとはいえ、初めてで、夜に雨の中で的に当てるなんて、なかなかできることじゃないぞ。あ、何なら俺が教えてやるから、弓を習ってみるか？　俺は得意なんだ」

「え……あの……」

「いくらあなたに人並の思慮が欠けているとしても、姫様にこれ以上おかしなことを教えないでください」

せっかくの申し出は、早々に葛葉に却下されてしまう。しかしそう言った葛葉の口調は、どことなく、いつもより棘がなかったように聞こえた。

「やらないか？　弓」

「……それはちょっと……」

「そうか。残念だな」

囲碁は負けるし双六の勝敗も微妙、しかし弓ならまだまだ先んじることができると思ったのだが、当面は絵の腕前だけでよしとしておかなくてはならないようだ。

と——桜姫が目を瞬かせた。

「……雅遠様は」

「うん？」

「鬼に弓を引く女が、恐ろしくはないのですか」

「何で鬼に弓を引くだけで女が恐ろしくなるのか、そっちのがよくわからないんだが」

「……」

桜姫は、どこか気が抜けたように口を半開きにして、しばらくまじまじと雅遠の顔を眺めていたが、やがて、ふっと唇をほころばせた。

「……おかしな方ですね」

「あ？」

「いいえ。……ありがとうございます」

かった。

「……あ、ああ？」

礼を言われるような覚えはなく、雅遠は首の後ろを掻いて、曖昧に返事をした。もっとも桜姫が笑ってくれたので、それだけで雅遠には、覚えも何も、どうでもよかった。

詞子は脇息に頬杖をつき、ぼんやりと庭を眺めていた。

雅遠は、詞子の体調を気遣ってずいぶん渋っていたが、ようやくさっき帰った。

……どういうひとなのかしら。

雅遠の思考は、世間からずれている。それは知っていたつもりだったが、誰もが怯える鬼に向かって平気で弓を引ける女を恐れもせず、まさか弓を習ってみないかと言われるとは思わなかった。別に恐れてほしかったわけではないのだが。

……雅遠様。

身内からさえ疎まれ、誰もが関わりを避ける中で、たったひとり――

「姫様、いま葛葉が夕餉（ゆうげ）を持ってまいりますので……姫様？」

「……あ、ええ」

詞子は顔を上げ、奥にいる淡路に返事をした。あたりはもう薄暗い。曇っていてよくわからないが、そろそろ日が暮れるころだろう。

「雅遠様がいてくださって、よかったですねぇ」

「……え？」

振り向くと、淡路が笑み顔でこちらに歩いてきた。

「一時はどうなることかとひやひやしましたが、おかげで中の君様は、思ったより早くお帰りくださいましたし……」

「……でも、やっぱり嫌だわ。あんな話を聞かれて……」

淡路は詞子の側に座り、くすりと笑った。

「ですが、雅遠様は、何も気にしていらっしゃらない御様子でしたよ？　それどころか、帰り際には、例の鬼のことを調べてくださると仰っていたではありませんか」

艶子をさらおうとした鬼が、陵王の面を被った人間なら、詞子は鬼ではなく人を射てしまったことになる。それが気になると漏らした詞子に雅遠は、鬼であれ人であれ、無理に女をさらおうとするのが悪いと断じてから、気になるなら調べてみると言ってくれたのだ。

「……余計なことを言ってしまったわね、わたくし」

「ですが、わたしどもも気になります。あれが鬼ではなくただの人で、何かわけがあって中の君様をさらおうとしていたなら、鬼が押し入ったのは姫様のせいではないということが、はっきりいたしますよ」

　詞子は苦笑して、首を振った。

「淡路。鬼は間違いなく艶子をさらおうとしていたわ。でも、艶子や本邸の者たちには、わけなんてどうでもいいのよ。災厄は鬼姫のせい。ただそれだけ」

「……姫様……」

「わたくしのせいになったとしても、それは仕方ないわ。むしろ艶子は、どんな理由でもわたくしのせいにしたいでしょうね。……そうでもしないと、あの子も不安なのよ」

　……そう、たぶん、わたくし以上に……。

　詞子は軽く息をつき、淡路に微笑みかけた。

「大丈夫よ。あの子だって、当分はここに来ようなんて思わないわ」

「だとよろしいのですが……。雅遠様には、行き来する道筋にもお気をつけいただかなければなりませんねぇ。今日は行き合わずに済んで、本当によかったですよ」

「……雅遠様に、気をつけるということができるかしら」

「あら、そういうところは、慎重になさっているようですよ？　小鷺の話では、雅遠様は来る道をしょっちゅう変えていらっしゃるそうですし……」

「そうなの？」

意外だ。雅遠に慎重さなど、最も縁遠いものかと思っていたが。

「ええ。同じお知り合いに二度姿を見られてもあやしまれないように、渡る橋を変えたり、市に寄られたりもしているとか……」

「……そこまでしてここに来て、楽しいのかしら……」

思わずそうつぶやいた詞子に、淡路はおっとりと笑った。

「楽しそうではありませんか、とても……」

「……くつろいではいるわね」

「姫様だって、楽しいとお思いでしょう？」

──楽しい？

詞子は、うつむいて考えた。

今日、罵りの言葉を、久しぶりに聞いた。本邸にいた、ほんのひと月ほど前までは、頻繁に聞いていた言葉だ。

ずっと聞き続けていたときには、いまさらどうとも思わなかった言葉の数々。

最近、やさしい言葉しか聞いていなかったから、忘れていた。

……だからかしら。

耳慣れていたはずの罵りが、少しだけ、胸に痛かった。

もし、このままやさしい言葉のほうに慣れてしまったら、いったい自分はどうなってしまうのだろう。罵りにも嘲笑にも、十年以上をかけて慣れてきたのに。

「……油断はできないのよ、淡路」

詞子は知らず、自分の肩を抱きしめていた。

支えてくれた腕の強さが、まだ、微かに残っている気がする。

「わたくしは、楽しさに慣れるわけにいかないの。……いずれ失うとわかっているものは、はじめから求めないほうがいいわ」

「姫様……」

「淡路だって、それがわかっているから、あのときわたくしのもとへ残ったのではないの？」

うつむいて肩を落とす淡路の、膝の上で握りしめた手に、詞子は自分の手を重ねた。

「つらいことを思い出させて悪かったわ。……ごめんなさいね」

「いいえ……」

首を横に振り、しかし、淡路はしばらくして顔を上げた。

「──ですが、わたしと姫様とでは、違います」

「淡路？」

「あのとき、わたしには先が見えていました。だから姫様のお側に残ったんです。でも、姫様のこの先のことは、まだわかりません」

重ねた手を逆に握り返されて、詞子は途惑い、首を傾げる。

「……わたくしのこの先は、ずっとこのままよ？」

「雅遠様でしたら、そうは仰らないと思います」

「淡路……」

「わたしは、楽しいです。葛葉もあんな態度ですけど、きっと、毎日楽しいと思います」

淡路の表情は、晴れやかだった。こんな顔で笑う淡路を見たのは、何年ぶりか——

……楽しい、と。

思っていると、認められたらどんなにいいだろう。

でも——

「……わたくしは……やっぱり、怖いわ」

湿った風が、御簾を揺らす。

空を行く雲の色は、次第に濃くなっていた。

＊＊　　＊＊　　＊＊

「……つまらん……」

思いきり御簾を上げ、雅遠は端近に寝転んで、降る雨の具合を見ていた。

昨日、あのとんでもない妹が帰ってからの桜姫は、やはり元気がなかった。あれを目の当たりにすれば、無理もないとは思うが。

……だから今日は行きたかったんだがな。

こんな気の滅入るような雨では、ますます元気をなくしてやしないかと気になるが、何しろ雨の日は、遠乗りに行くという言い訳が使えない。かといって牛車を出すわけにもいかず、歯噛みしながら空模様を見ているばかりだった。

いっそ泊まってくればよかった――などと考えていたところへ、頭上から保名が顔を出す。

「お暇そうですねぇ」

「……驚かすな」

雅遠はため息をついて、起き上がった。出仕していた保名が帰ってきた時刻となれば、これから雨が上がったところで、もう白河へ出向くには遅い。

「聞いてきましたよ、雅楽寮で」

「わかったのか?」

昨日帰ってから、雅遠は保名に、出仕したら雅楽寮に寄って、ずっと休んでいる者はいないか、いるなら名前と住まいも訊いてくるようにと、言いつけておいたのだ。

中の君をさらおうとした鬼がつけていた陵王の面が、仮に雅楽寮から盗まれたものだとするなら、葛葉の言うとおり、面の置き場所を知らなくては、そう簡単には盗めない。昼間はなおのこと、夜に忍び入ったとしても、場所も知らずに探していては、夜が明けてしまうだろう。

だとすると、面を持ち出したのは、雅楽寮の中に詳しい者——もっと言うなら、雅楽寮に勤める者。

そして、桜姫の矢で傷を負っているなら、出仕できずに休んでいるかもしれない。

「ええ。何でも使部の一人が、ひと月近く休んでるらしくてですね」

「……使部？」

使部は、役所内で雑用をする者たちだ。雅楽寮の使部なら、面の置き場所を知っていてもおかしくはないが。

「その使部は、何でそんなに休んでるんだ」

「はぁ、何でも犬に噛まれて、足を怪我しているそうでして」

「足——」

桜姫の言っていたことと話が合う。まさか矢傷（やきず）を負ったとは言えず、犬に噛まれたことにしたとすれば。

「ちょうど私の知り合いが、二度ほどその使部の見舞いに行ったらしいんですが、ずいぶんひどく嚙まれたんですかねぇ、なかなか具合が良くならないようだったと言ってましたよ」

帰ってくるときに雨に濡れた狩衣の袖を気にしながら、保名は、ところで——と言った。

「……雅遠様がそんなことをお尋ねになるなんて、どうされたんです？」

「いや、別に。——で、その使部の名は？　どこに住んでるって？」

「はぁ……名前は坂川信材で、住まいは錦小路だそうですが……」

「ここから近いな。錦小路のどこだって？」

「雅遠様——」

保名は険しい表情を雅遠に向ける。

「いったいどうなさったんです。ここのところ毎日のように馬で遠出されているそうですが、どこで何をなさってるんですか」

「……おまえが失せ物の話なんか持ってくるから、調べてやってるんじゃないか」

「雅遠様が？　面を見つけようとされてるんですか？」

意外な顔をされても、まぁ、仕方がない。桜姫に関わりのある話でもなければ、雅楽寮で何がなくなっても、どうでもいいことだ。

「何です何です。いったいどういうことです？　何かわかったんですか？」

「……さぁな」

「えーっ!? 何ですか、それ――」

「騒ぐな。ただの気まぐれだ。何しろ俺は暇だからな」

空を見上げると、雨は先ほどより幾らか小降りになっている。これから白河へ行くには遅いが、錦小路ぐらいなら、歩いてでも行けるだろう。


雅遠から見れば小屋と呼べるくらいの、粗末な家々がひしめき合う一角に、かろうじて垣(かき)に囲まれた、坂川信材の家があった。

できるだけ地味な色の狩衣に着替え、傘を持ち、保名の目を盗んでこっそり出てきたが、家を探しているうちに雨は止んでしまった。雅遠はたたんだ傘を振って水を払いながら、雑草が生い茂る庭と呼べないほどの庭を見まわし、ぬかるみに気をつけながら先へ進み、戸口を叩く。

「……」

返事はない。だが、薄い板戸の向こうで、物音が聞こえた。

雅遠は無言で戸を引いた。すえたような臭いが鼻をつく。薄闇の中、何かの影が動いた。

「坂川信材か」

「……」

誰だと、微かに影が問うたように聞こえた。

「尋ねたいことがあって来た。——陵王の面のことだ」

がたり、と、大きな音が響く。

暗闇に目が慣れる前に影が飛び出してきた。一瞬虚を衝かれたところにすごい力で肩を押されたが、雅遠はとっさに踏み止まり、相手の手首を捕らえてそのまま腕をひねり上げる。

うめいたのは痩せた男だった。髪はほつれ、鬚もまばらに伸び、血走った目をこちらに向けている。よく見ると、まだ若そうだった。二十二、三というくらいか。

「捕らえに来たのか……」

「なに?」

「まだ……いま少し待て。いまはまだ……」

「落ち着け。——信材」

自分を検非違使か何かと勘違いしているのだろう。雅遠は肩を怒らせている信材の腕を難なく摑んだまま、ごく穏やかに言った。

「俺は検非違使でも何でもない。だからおまえを捕らえるつもりもない。……ただ、二条中納言の中の君をさらおうとしたのが本当におまえなのか、それを確かめたいだけだ」

「……」

信材は目を剝いて、雅遠を凝視している。雅遠は目を逸らすことなく、それ以上に強く信材を見据えた。

「もう一度言うぞ。俺はおまえを捕らえるつもりはない。それでもおまえが逃げるつもりなら、おまえを縛り上げてでも話を聞く。……どちらがいい？」

「……」

一瞬、信材の表情に迷いのようなものが浮かんだ。雅遠がうなずくと、信材の腕から次第に力が抜けていき、やがて、がくりとうなだれた。抵抗の気配が消えたのを見計らって手を放してやると、信材はそのまま、足を引きずりながら奥へ戻っていった。疲れ果てたような後ろ姿をしている。

雅遠は戸口にもたれ、信材が腰を下ろすのを黙って待った。中に入って戸を閉めようかとも思ったが、灯りは点いていないし、押せば倒れてしまいそうなこの壁板の薄さでは、戸を開けていようと閉めていようと、話は外に筒抜けだろう。現に、周りの家々からの話し声が、ときおりここまで聞こえてくる。

「陵王の面と聞いて捕らえられると思ったってことは、やはりおまえが、雅楽寮から盗んだんだな」

「……」

できるだけ声を抑えてそう言うと、信材は黙ってうつむいた。

雅遠は、軽く息を吐く。

「怪我の具合はどうだ？」

「あ……？」

「足だ。矢傷を負ったんだろ？」

「……もう……とうに、癒えている……」

「まぁ、歩けるようだしな。しかし、矢は刺さったんじゃないのか」

「かすっただけだ……」

雅遠は、今度は大きく息をついた。

「それならよかった。——おまえに弓を引いた女人が、気にしてたんでな」

「……女人……」

ゆっくりと、信材が雅遠のほうを向き、まぶしそうに目を細める。

「やはり……あれは女だったのか……」

「中の君を助けようと必死で、引いたこともない弓を引いたはいいが、後になって人を射てしまったと落ちこんでな。ま、癒えたとわかれば、気が晴れるだろ」

信材はまた、力なくうつむいた。

「……そなた、中の君の縁者か」

「俺は失せ物探しを手伝ってるだけだ。二条中納言の中の君をさらおうとした鬼の顔が陵王の面に似てたという話を小耳に挟んでな、それでここに辿り着いたんだ」

「……では、やはりおれを捕らえるのだろう」

「面の在処(ありか)さえわかれば、盗っ人など俺の知ったことじゃない。それより、何故おまえが中の君をさらおうとしたのか、そのほうが興味があるな」

あんな物言いのきつい、小うるさい姫君など、頼まれたってさらいたくはないと、雅遠は思うが。

「……恋を、した」

「こ？」

恋、と言っただろうか。雅遠は思わず、首だけ家の中に突っこんだ。

「この正月……六角堂に詣でた折に、二条中納言の参詣の列に行き合った……」

信心のために、寺に詣でたり、堂に籠って仏前でひと晩を過ごすのは、誰もがよくやることだ。信材はそこで、中の君の姿を見たのだという。

「ちょうど、あの方が車から降りるところだった……。薔薇の描かれた扇で顔を隠されていたが、ほんの少し、面差しが見えて……何と美しい姫君かと……」

「……はぁ……」

美しいのかもしれないが、桜姫への罵声を聞いてしまっているせいか、どうにも中の君の心証が悪い。雅遠は曖昧な相槌を打つしかなかった。

「相手は公卿の姫君、こちらはただの使部……。かなうはずもないと、わかってはいたものの……どうしても諦めきれず……文を、出して……」

「出したのか？」

雅遠は、思わず大きな声を出してしまう。

「あ、いや……しかし、返事は期待できないんじゃ……」

「おれもそう思った。だが……薔薇の君は、返事をくださったのだ」

「え!?」

さらに大声で叫んでしまい、雅遠は慌てて自分の口を塞いだ。あの姫君が、まさか？

「そ――それで？」

「もちろん、女房の代筆だったが……二度、三度と、歌のやり取りを……」

「……へぇえ……」

素直に見事だと感心していた。歌の詠めない自分には、それだけで尊敬に値する。

「じゃあ、首尾は上々だったんじゃないか。いや、正直、あの姫君にそんな情け深いところがあったなんて、意外だが」

「……おれも、そんなに物事がうまくいくなどと、思ってはいけなかったのだ」

信材は、食いしばった歯の隙間から声を絞り出すように、うめいた。

「しばらくして、返事をもらえなくなった。何度も、何度もおれの心を訴えたが……まるで、いままでのやり取りが幻だったかのように……何も……」

「……」

「おれは、薔薇の君のもとを訪ね、思いきって声をかけた。何故、返事をくださらないのかと……何故、これまでは返事をくださったのかと——だが、返答も何もない。女房たちがいる。その奥に、あの薔薇の扇も見えた。間違いなくあの方はそこにおられるのに、誰も、何も……！」

血走った眼で、信材は虚空を見据えていた。いま、何を思い浮かべているのか。

「……おれは、階に足をかけた。もっと近くで、おれの想いを聞いていただきたかった。すると女房が言ったのだ、去れ——と。おまえで遊ぶのは、もう、飽きたと……」

「何だ、それ——」

雅遠は、家の中に一歩踏みこんだ。

「確かにそう言われた。そしてあの方は、黙っておられた。……おれが階から下りると、女房たちが一斉に笑った。おれは……引き下がるしか、なかった……」

い。

そういうことは、雅遠にも覚えがあった。いままで何度、笑い者になったか知れな

そんな思いまでして、恋をしなくてはならないのか。

いったい幾度笑われて、それでも苦心して、歌を詠み、文を書かなくてはならない

のか。

「それで……復讐（ふくしゅう）に、中の君をさらおうとしたのか？」

「違う」

信材は、はっきりと言った。

「復讐ではない。もちろん恨めしくは思った。思ったが……それでもやはり、諦めき

れなかった。どうしても……たった一度でいい、あの方と、親しく話してみたかった」

だから中の君を、さらおうとしたのだと――

雅遠は、戸口のところに呆然と立ちつくしていた。

「……それだけのために……わざわざ、面を盗んで……？」

「他に何を望める。あの方はおれのことなど、何とも思ってはくださらなかったのだ。

それでももしや、もしや直接に言葉を交わせば、何かが変わるのではないかと――」

震える声で早口にそう話す信材は、いつのまにか手に何かを握りしめていた。どう

「……」

言葉を返していいのかわからず、視線をさまよわせた雅遠が、それを見つける。紙だ。何か文字が書かれている。よく見ると、信材の座っているあたりに、何枚もの紙が散らばっていた。

「……」

目を凝らし、その文字を読み取った雅遠は、息をのんだ。

つやこ、艶子、津弥子、都耶子——字こそ違えど、無数の「つやこ」の名が、乱れた手跡で記されている。

確か、そう、桜姫は妹のことを、「つやこ」と呼んでいた。

無言の雅遠が見ているものに気づいた信材は、片頰を歪めて自嘲の笑みを浮かべる。

「あの方の名だ。つやこ……と呼ばれているのを聞いた。……そうだ、おれはわざわざ面を盗んだ。盗みをはたらいてまで、あの方をさらいに行ったのだ。それがどうだ、結局、手に入ったのは、あの方の名前だけだ」

「……何故、さらうのを諦めた？」

矢を射かけられたとはいえ、かすり傷で済んだのなら、そのまま中の君を連れ去ることは、できたのではないだろうか。

「何故かな……。わからない。あれほどの覚悟で乗りこんだのに、どうしてあの方を手放してしまったのか……」

「人をさらうのが、怖くなったか？」

「そうかもしれない。……そうではないかもしれない。本当にわからない」

ただ――と言って、信材は顔を上げた。

「……あのときのおれは、尋常ではなかった。面を盗んだときから、もう、どうかしていたのだろう。あんな雷の中でも怖くなかったし、屋敷に上がったときも、あの方を捜すのに夢中で、他にも大勢の人がいたことなど、まるで気にも留めていなかった。それが……あの方を連れ出したとき、止まりなさい――という声が、聞こえた」

「……止まりなさい？」

「他のものは何も聞こえていなかったのに、あの声だけが聞こえた。……だから、足を止めてしまった。おそらく弓を引いた、あの女人の声だ。それで、正気に戻ってしまったのかもしれない……」

桜姫の声だ。

数多の者が鬼を恐れ、何もできずにうろたえていただけの中で、妹を救うために、唯一、鬼に立ち向かった姫君の声。

……それなのに、鬼姫と呼ばれ、追い出されたのか。

雅遠はきつく口を引き結び、ふうっと鼻から息を吐いた。

「……いまは、すっかり正気か？」

「さて……。正気に見えるか？」

「半々だな」

雅遠が言うと、信材は喉を引きつらせたような、変な笑い声を上げた。

「そなたの言うとおりだ。己が正気なのか、自分でもわからぬ。懲りたと思うのに、まだあの方に逢いたいとも思う。ああ、逢いたいのだ」

「……会いたい……？」

「逢いたい。……どうすれば、あの方への恋心を捨てられるのか、わからない……」

耳慣れない言葉に、雅遠は途惑った。恋心。言葉としては知っている。だが、その正体をよく知らない。捨てたり拾ったりするものなのか。そもそも恋とは——

……歌のやり取りが終わっていても、恋というものは続いているのか？

捨てられないと、いままさに信材が苦悩している恋の心とは、いったい何なのか。

「あの……会いたいのか？　中の君に？」

「逢いたい……」

「やめておいたほうがいいぞ。顔はともかく、そんなにやさしい女じゃない」

「そんなことはわかっている……」

「わかってて会いたいのか。厄介だな」

こうなると、自分には理解しがたい。雅遠は顔をしかめて首の後ろを掻く。

「……逢いたいが……逢ってはいけないことも、わかっているのだ」

「あ？」

「逢ったところで、もう、恋心だけを伝えられるわけではない。……恨み言も言うだろう。愛(いと)しいのと同じだけ、憎くもある……」

憎い——という言葉を聞いたとき、ふいに、散らばった数々の「つやこ」の文字が、不気味に見えた。信材はずっと、名を書き連ねた紙を握りしめている。

「おい、まさか、またおかしなことをしようと考えてないだろうな？」

「……」

信材は黙って、中の君の名前を見つめている。

「答えろ、信材」

恋心はよくわからないが、憎いという感情が、いいものではないことはわかる。もし信材が、中の君に憎しみを向ければ——

雅遠はとっさに傘を放り出し、冷たい土間に膝をつき、頭を下げていた。

「何もしないでくれ。——頼む」

「……」

「中の君のために言ってるんじゃない。おまえが中の君を恨んで何か悪事を起こしたら、それはまったく関わりない、別の姫君のせいになるんだ」

例えば信材が中の君を再びさらおうとすれば、中の君に降りかかった災厄は、すべて桜姫が元凶だと思われるだろう。呪い持ちの姉がいるからいけないのだと、あの小うるさい妹は、また姉を罵るに違いない。屋敷を追われた桜姫は、今度は都からも追われてしまうかもしれない。

何も悪くないのに——

きっと桜姫はそれでも、自分は鬼だから仕方ないのだと、黙って受け入れてしまうのだ。

「……どういう、ことだ」

雅遠は膝をついたまま、頭だけ上げた。信材の表情は、虚ろだったさっきより、幾分しっかりして見える。

「二条中納言には、呪い持ちと言われてる姫君がいるんだ。もちろん、その姫君は何も悪くない。なのに、中納言の家に何か凶事があると、全部、その姫君のせいになる」

「……」

「今度のこともそうだ。中の君をさらおうとしたのがおまえの一存だったとしても、中納言のところでは、その姫君が鬼を呼んだんだと、中の君が鬼にさらわれかけたのは姫君のせいだと言う。それで姫君は、家を追い出された」

信材が、目を見開いた。雅遠はもう一度、頭を下げる。

「頼む。……中の君を憎むなとは言わん。だが、どうか何もしないでくれ。おまえが何か事を起こせば、あの姫君が傷つくんだ」

「……」

「もし、聞き入れてくれないのであれば――」

雅遠は、ゆっくりと顔を上げ、信材の目をひたと見据えた。

「……俺はおまえを、面の盗っ人として、いますぐ引っぱり出さなくちゃならん」

陵王の面を盗んだのが信材だとわかれば、話の流れで二条中納言邸に押し入ったのも信材だったと世間に知れることになるが、桜姫を守るためなら、そうするしかない。

「……」

信材は目を逸らさず、雅遠を見返していたが、やがて、口元に苦笑を浮かべた。

「怖い顔だ。陵王の面より怖い」

「……」

「知らなかった。……その姫君には、御迷惑をかけてしまったのだな」

信材は両の手を、ぎこちなく開いた。握り潰されていた紙が、膝の上に落ちる。

「……わかってくれたか」

「ああ。……少なくとも、己の罪は、よくわかった」

信材は散らばった紙を一枚一枚拾い集め、丁寧に束ねて、二つに折りたたんだ。その表情は、嘘のようにさっぱりして、憑き物が落ちたようにすら見える。

「もう立ってくれ。……そなた、その姫君と懇意なのか」

「……あー、まぁな」

雅遠が立ち上がると、信材は穏やかな顔を向けてきた。

「おれこそ、姫君に恨まれているだろうな」

「そんなことはない。そういう姫君じゃない。むしろ、おまえを気遣ってた」

「……せめて、そういう方に恋ができればよかったな」

自嘲ではなく、寂しそうに笑い、信材は烏帽子を外した。何をするのかと思っている間に、信材は手近な箱から鋏（はさみ）を取り出すと、何のためらいもなく、自分の髷（まげ）を切り落とす。

「！　おい……！」

「これが誓いだ。おれはあの方に、二度と手出しはしない。姫君にも、おれが詫びていたと伝えてくれ」

「……信材……」

「ああ、すっきりした。——これでいい。恋心を捨てるついでに、世間も捨てよう」

髪を切り落としたのは出家の意味だったのだと、雅遠はようやく気づく。

「坊主になるつもりか？」

「物を盗み、人をさらおうとした。他にも償わなくてはならない罪がある」

「……それはそうだが……」

雅遠はため息をついて、額を押さえた。それにしても、思いきりがいい。

信材は切った髻を中の君の名を連ねた紙で包み、自分のざんばら髪を手でさぐっている。

「きちんと髪を剃って、雅楽寮には、思うところがあって出家したと届けを出そう。ただ、面をどうするか……」

「持ってるのか？」

信材は狭い部屋の隅に丸めてあった衣の下から、金色の面を取り出してみせた。

「……陵王の面に間違いないな」

「雅楽寮で片付けの手伝いをしているときに、これを見た。……そのとき、やはりあの方に逢いたいと思って、とっさに持ち出してしまったのだ。いま思えば、これを見たときには、もうおれは尋常でなかったのかもしれない」

恐ろしげな面を見つめながらしみじみとつぶやいて、信材は雅遠にそれを差し出した。

「……何だ？」

「雅楽寮に返してくれ」

「俺が？　嫌だぞ。盗んだのはおまえじゃないか」

「しかし、これを探しに来たのだろう」

「探してはいたけどな、俺は雅楽寮の者じゃないし、そもそも役人じゃない。俺が持っていったところで、どこで見つけたんだと訊かれたら、何と答えればいいんだ？」

　桜姫のために真相がわかれば、そもそも面などどうでもいいのだ。雅遠は急いで受け取らない意思を示すために、手を背中に隠し、首を振って後ずさる。

「雅楽寮の者たちは困ってるぞ。おまえが盗んだんだから、おまえが返してこい」

「そうか。……そうだな」

　うなずいた信材にほっとして、雅遠は傘を拾い上げた。外はだいぶ暗くなってきている。

「じゃあ、元気でな。偉い坊主になれよ」

「……ああ」

　苦笑して、信材はふと真顔になった。

「そなた、本当に誰なのだ？」

「俺？　……ま、いいじゃないか、誰だって」

「しかし――」

「悪いが、言えないんだ。どうしてもな」

信材は面に目を落とし、そして、また顔を上げて雅遠を見た。

「言えないわけがあるのか」

「そういうことだ。だから、正体を探ろうなんて思うなよ？　できれば俺のことは忘れてくれると助かる」

「……わかった。忘れよう」

その顔に嘘偽りの影がないのを確認して、雅遠はうなずき、静かに戸を閉めた。

二条中納言邸に押し入って中の君をさらおうとした鬼の正体が信材で、その信材の恋を笑いものにしたのが当の中の君だと世間に知らしめれば、桜姫が鬼を呼んだという話はまったくの中傷だと、はっきりさせることはできる。

だが——桜姫自身は、はたしてどうだろう。

鬼だ呪い持ちだと理不尽なことばかり言われていながら、それを怒るどころか人に災いが起きないようになどと心配し、姉を罵る妹を庇い、小さな花を大事にする、そんな姫君は、無残に終わった信材の恋を、どう思うか。

鬼姫の汚名はそそぎたいが、どうすれば信材の名を出さずに、それができるだろう。

……とりあえず、このことを桜姫に話さなくちゃな。

雅遠はぬかるんだ道を歩きながら、天を仰いだ。明日は晴れてくれるだろうか。

＊＊　＊＊　＊＊

雅遠の来訪が途絶えている。

一昨日は雨が降った。だから来なくても仕方がないと思った。雨の日は、遠乗りという口実が使えないから来られないと、それは前々から聞いていたから。

昨日は晴れた。そして今日も。

だが、雅遠は姿を見せない。もう昼をとうに過ぎたが、いくら耳をすましても、蹄の音は聞こえてこない。

詞子は、廂でぼんやりと座っていた。

……昨夜、また夢を見た。

あれから十二年も経つというのに、繰り返し夢に現れる、韓藍の女。

女の正体が艶子の母だったとは、後で知った。父、藤原国友は、詞子の母と結婚したのと同じ時期に、身分の低い別の女のもとへも通っており、そちらでも娘をもうけていたのだ。

だが、国友は詞子の母の家に同居することを決めた。詞子の母は皇族である、当時の中務卿宮（なかつかさきょうのみや）の娘で、国友とは正式に結婚しており、前々から同居を望んでいたのだという。

別れ話を持ち出された韓藍の女は、自分と娘を捨てるのかと、薄情な恋人を責める言葉を韓藍で染めた紙にしたため、二条にある中務卿宮邸にまで送りつけるようになり、果ては娘を連れて、自ら乗りこんできたのだ。

いま思えば、韓藍の女は、あのときすでに病に侵されていたのだろう。最期の力を振り絞り、娘を父親へ託しに来て、我が娘とあまりに違う、恵まれた場所で育っているもう一人の国友の娘——詞子を見て、逆上したのかもしれない。

韓藍の女は、呪いの言葉を残して絶命した。

女の血を浴びた詞子は、祖父である中務卿宮に連れられて、川で禊(みそぎ)の儀式を行なった。それで血の穢(けが)れが清められると、そのときは思われていたのだ。

しかし、その後まもなく、ちょうど子を身籠っていた詞子の母は、死産の末に自らも命を落としてしまった。さらにしばらくして、中務卿宮とその北の方、つまり詞子の祖父母も相次いで世を去った。

詞子に浴びせられた呪いは、禊をしても消えなかったのだと、やがて家中の者たちが怯え始めた。

女房たちは次々と屋敷を去っていった。女房だけではない。同じ二条の屋敷に住んでいた母親の妹——詞子の叔母も、父親である国友でさえも、詞子に恐れの目を向けるようになっていた。

そのころ、妻も舅も姑もいなくなった二条の家にまだ居ついていた国友は、他所へ移るのが面倒だったのか、あるいは亡き妻の面影を求めたのか、詞子の叔母と結婚した。叔母も親と姉を立て続けに失って心細かったのだろう、姉の夫だった国友を受け入れはしたが、詞子のことは、尼寺にでも預けようと考えていたらしい。

国友は、占いを得意とする者に相談した。そこで得た助言は、詞子と艶子をどちらも手元に置いたほうがいい――というものだったという。

曰く、韓藍の女の呪いの言葉は、詞子に向けられたもので、詞子が艶子を見捨てれば、言葉のとおり災いが起きるのだ、と。

韓藍の女の死後、艶子は、以前詞子の母の女房をしていた老婆に預けられていた。しかしそれは、捨てたも同然の扱いなのだから、災いが起きて当然だと聞いて、国友は慌てて艶子を引き取った。そして、韓藍の女の霊を怒らせないためには、何はともあれ艶子を大切にしなくてはならない――という理由で、世間に向けては、詞子が韓藍の女の娘、艶子が中務卿宮の孫娘だということにしたのだ。

詞子と艶子の立場は逆転した。

艶子は父と叔母のもとで、姫君として大事に扱われ、詞子は身分の低い女の娘として、対の屋の片隅で、ひっそりと暮らすしかなくなってしまった。

側についてきたのは、乳母、乳母の娘である淡路、遊び相手の葛葉。たった三人だけ。そのうち乳母も、詞子が十二のときに世を去った。

やがて二条の家の女房たちはほとんど入れ替わり、韓藍の女のことを知る者は数少なくなった。新しい女房たちは、何かわからないが恐ろしい呪いを持っているという脇腹の娘が、東の対の一間に住んでいるのだと思って、気味悪がっている。

……そう、誰もが、訳もわからず恐れるのだ。

自分自身でも、思い出せば恐ろしい。禊も効かなかった、血と呪いの言葉だ。

あの言葉がある限り、何があっても艶子は守らなくてはならない。

いまでは、艶子は二条中納言家の美しい姫君として、少なからず人々の関心を集めるようになった。求婚者も頻繁に訪れ、父は喜び、義母でもある叔母も、腫れ物に触るような態度ではあるが、実の娘と変わらない待遇で艶子の面倒を見ている。

……早く、艶子が幸せになってくれればいい。

結婚が幸せのすべてとは限らないが、少なくとも、恋人に捨てられた韓藍の女は、娘には誰からも祝福される、幸せな結婚を望んでいるような気がする。

いまにして思えば、韓藍の女も気の毒なのだ。娘を抱え、恋人の足が遠のいていく日々を、どんな気持ちで過ごしていたのか。

寂しかっただろうと、いまの自分になら、わかる。

……いつも、待っていたのでしょうね。

今日は来るか、明日は来るか。

訪ねていくわけにはいかなくて、ただひたすら、待つしかなくて。

逢いたいのに――

「……おいでになりませんねぇ」

詞子は淡路の声に、我に返って顔を上げた。

「え……？」

「雅遠様、どうなさったんでしょう」

知らず思い描いていた面影を見透かされたのかと、内心、少し動揺したのを覚られないように、詞子は庭のほうへ目を向けた。

「……それは……雅遠様にだって、いろいろと用事はおありでしょうし」

「あの暇な方に用事がありますかね」

葛葉が衣をたたみながら、尖った口調で言う。

「それは、もちろんおありなんでしょうねぇ。そうでもなければ、あれほどここに来るのを楽しみにしておいでの方が、三日も間を空けるなんてことは……」

「いないほうが静かですけどね」

「葛葉ったら……」

詞子は黙って、庭を眺めるふりをしていた。

……たった三日じゃないの。

雅遠には雅遠の暮らしがあるのだ。ここに来るようになる前だって、まさか、毎日遠乗りだけしていたわけでもあるまい。まだ無官とはいえ、左大臣の息子なら、人付き合いも多いはずだ。

いくら世間とずれている雅遠でも、完全に世の中から遠ざけられた自分とは違う。

……そうよ。やっぱり、わたくしと関わってはいけないのよ。

雅遠がいると、忘れてしまいそうになる。

ここは、鬼の住処。

我が身に受けた、呪いの言葉。

――そんなこと、すっかり忘れてしまえ。

無理だ。

忘れることなんてできない。

――俺はここに来たいから、勝手に来てるんだ。そなたが気にすることなんか何もない。

気にするにきまっている。

いつだって、心のどこかで怯えている。雅遠に何か災いが起きはしないか。自分の宿命が、雅遠を巻きこみはしないか。

自分のせいで、あの明るい笑顔が曇るのは、絶対に嫌だ。

……そんなことになるくらいなら……。

来訪は途絶えている。

今日も、きっと来ない。

それなら、いっそこのまま――

「……」

にゃあ、と、膝元で鳴き声がした。

瑠璃と玻璃が並んで座り、じっとこちらを見上げていた。

いつのまにか、淡路と葛葉はどこかに行ってしまったのか、姿が見えない。

ふいにあたりがまぶしくなり、詞子は目を細めた。西に傾いた陽射しが軒端から顔を出し、御簾を抜けて視界を白くする。瞼の裏まで照らすような光。

何故か、目の奥が熱くなった。

哀しい。

そして寂しい。

いまさら世間から遠ざけられたところで、どうということもなかったのに、いま、雅遠と同じところにいられないのが、ひどくつらい。

ここは、常の世の中ではない。

雅遠は何も気にせず飛びこんでくるが、自分のほうから門を開くことはできないのだ。

だから、雅遠の足が遠のいたら、それで終わり。

会いたくても会えない。

……会いたい？

会いたい。……逢いたい。本当は。

来てくれると嬉しい。迷惑なんかじゃないと、言えるものなら言いたい。

鬼ではないと言ってくれた。誰も思いつきもしない、美しい呼び名を与えてくれた。

あの声で、桜姫と――

袖で顔を覆っても、瞼の裏に、まぶしい白光が残っている。

共に過ごした時間は、短いのに。

出会う前の時間のほうが、はるかに長いのに――あのころ、どうやって一日を過ごしていたのか、思い出せない。

こんな日々に、慣れてはいけない。そんな自戒も、きっと、もう手遅れだ。

本当のことは言えない。

言葉にして伝えることはできないけれど。

「……逢いた……い……」

誰にも聞かせてはいけない言葉を、詞子は、たった一度だけ、つぶやいていた。

＊＊　＊＊　＊＊

厄日だ。そうとしか思えない。いや、前々からの予定を忘れていたのは自分なのだが、その後のことは、間違いなく凶事としか言い様がない。

信材に会い、陵王の面の一件が片付いてから三日目。

雅遠は、兵部卿宮敦時の邸宅で、友人たちとともに酒を飲んでいた。

「何だ雅遠ー、盃が空ではないか。飲まぬのかー？」

「……飲んでるから、気にするな」

雅遠は酒を注ぎ足そうとする友人を、手を振って制した。

本当は、さっきから盃の中身はまったく減っていないし、料理にも手を出していない。飲む気にも食べる気にもなれないのだ。

そもそも何故こんなことになっているのか――

雨が上がったので翌日は白河に行けると思いながら、信材の家から戻った後、雅遠は屋敷の女房たちが、浮かれた様子で出かける支度をしているのに気づいた。

明日、清水寺に参籠するのだという。

何をいまさら、という顔で女房にそれを告げられたとき、雅遠は、それが以前から決まっていた予定だったことを思い出した。女房家人を連れ、一家総出で清水寺に出向き、仏前でひと晩を過ごすのだ。……もちろん、自分も含めて。

外出の機会が滅多にない女たちにとっては、ひと晩かけての参詣は、ちょっとした旅気分で楽しいものらしいが、白河に行くつもりでいた雅遠にとっては、災難と言いたいくらいだった。参籠の話そのものを聞いたのがだいぶ前だったせいで、すっかり忘れており、当然、桜姫には何も言っていない。

……それは俺が悪いんだけどな。

白河通いは絶対の秘密、今日は行けないと文をやることもできず、雅遠は仕方なく清水寺行きの列に加わった。信心も何もあったものではない。

ひと晩の参籠を終えて、ようやく翌朝四条の屋敷へ戻り、ごたごたしているうちに昼近くになってしまったが、とにかく少しでも話をしようと、馬を引いて家の門を出たところで、今度は友人たちが待っていた。

これから兵部卿宮の屋敷に集まり、皆で蹴鞠と酒盛りをするので、久しぶりに雅遠も一緒に来い——というのだ。

確かに、ここのところ連日白河に行っていたので、友人たちの集まりには顔を出していなかった。以前は仲間内の誰より暇だったので、皆で歌を詠もうという主旨でもなければ、必ず参加していたのだが。

断ろうと思えば、断れないことはない。が、断ってその理由を追及されたら、もっと面倒なことになる。最近付き合いが悪いじゃないか、どうしたんだ？　という程度の問いかけにも、内心ひやりとしていたくらいだ。

結局、今日も白河に行けないまま、美味くもない酒の盃など手にしている。とっくに日も沈み、あたりは暗い。もう休んでもいいような頃合いだが、この様子では、今夜は飲み明かすのだろう。

……早く桜姫に話してやりたかったのにな。

薄情な妹を心配し、鬼の怪我まで気にかけるなんて、とんだお人好しだ。せめて、信材のことは大丈夫だと、それだけでも伝えてやりたいのに。

仲間たちは酒を酌み交わし、談笑している。ときおり、誰の娘は、どこそこの何某という女房は——などと、女の話題も聞こえてくるが、雅遠は話の輪に加わらず、ぼんやりと庭の篝火を眺めていた。

……恋心、か。

燃える炎に、ふと、信材のことを思い浮かべる。

会いたい、と言っていた。それから、たった一度でいいから、親しく話してみたかった。愛しいのと同じだけ、憎い――

信材は、中の君と歌のやり取りをしていた。それが断ち切られてからも、恋心を捨てられなかったと言っていた。それで再び歌のやり取りを望んでいたのかというと、そうではない。会って話がしたいのだという。

……歌を詠むのが、恋じゃないのか？

自分もこれまで、何人かの女に苦心して歌を送ってきたが、それを止めてから後でも、会いたいと思った女など一人もいない。むしろ笑い者にされて、もう二度と会うものかと思ったことのほうが多いのだが。

……じゃあ、俺がいままでしてきたことは、何だったんだ？

まさか、あれが恋ではなかったのなら――

「難しい顔をしているね」

振り向くと、敦時が、盃を掲げて立っていた。

「……あ、宮」

「どうしたんだ。ちっとも飲んでいないじゃないか。今日は蹴鞠もいつもの調子ではなかったな。具合でも悪いのかと、皆も心配していたぞ」

「はぁ。……少々、腹具合が」

「それで食べてもいなかったのか」

敦時は苦笑して、雅遠の隣りに腰を下ろす。

「きみの元気がないのは珍しい。酒の甘さが気に入らないだけではなさそうだな」

「……甘くない酒はありませんかね」

「下々の飲む安酒は、薄くて辛いという話だ。私は飲んだことがないが」

「ほー」

今度有輔に頼んで、市で買ってきてもらおうか――などと思いながら、雅遠はようやく、ひと息に酒を飲み干し、盃を空にした。やはり甘い。

「……それで？　物思いにふけっていたのは、腹具合のせいだけかな？」

敦時は端整な顔に穏やかな微笑を浮かべながら、ちらと雅遠を横目に見た。世の女たちはこの笑みと眼差しに弱い、らしい。

「……腹が悪ければ、物憂くもなりますよ」

「きみに風流は求めないが、もう少し色気のある理由で物憂くなってほしいね……」

「俺は宮とは違うんです」

そう、自分とはまったく違う。敦時にとっては恋など日常の話だろうが、自分は恋心と聞いただけで、途方に暮れてしまうではないか。

……宮なら、信材の気持ちがわかるんだろうか。

手ひどく笑い者にされる気持ちならわかるが、その先の気持ちは難しい。

友人たちを見ると、相変わらず何かの話で盛り上がっているようだ。

「このまえ、ある男と話をしましてね」

篝火に目を戻し、口を開くと、敦時がこちらを見た気配がした。

「そいつはちょうど、女に振られたばかりだったそうです。聞いたところ、ひどい仕打ちで振られたみたいなんですが、それでも、女に会いたい、会って話がしたいと思ったと――」

「……なるほど？」

「恋心を捨てきれないと言うんです。……俺にはどうも、わからない」

「わからないか」

「歌を送ったり、返事をもらったりなんか、とっくに終わってるんですよ。恋は終わってるじゃないですか。終わってるものを捨てられないって、どういうことです」

「雅遠――」

敦時は、広げた扇を額に当てて、声を立てずに笑っている。

「何がおかしいんですか」

「きみは歌に苦労するあまり、誤解している。歌を送るのは、恋心を伝える手段だよ。まず先に恋心がなければ、歌を送る意味などないだろう」

「……へ？」

「何だ、そうか。まずそこからだったとは……。きみは本当に、恋に疎かったのだな」

肩を震わせている敦時に、雅遠はむっとして口を尖らせた。

「だから俺は、宮のように恋が上手くないと言ったじゃないですか」

「上手下手以前のことだね」

ようやく笑いを収めて、敦時は息をつき、扇を閉じた。

「では——そうだな、雅遠。皆が噂する女人に、心ひかれたことはないかな。興味を持った、と言ってもいい。どんな顔をしているのか、どんな心ばえをしているのか」

「会ったこともないのにですか？」

「それが難しければ、垣間見たことのある女人でもいい。姿を見て、美しいとか、可愛らしいとか、そう思った女人だよ」

「美しい……可愛い……？」

何故か、ひとつの姿が頭を過ぎった。

満開の桜の下——深く黒い瞳に、白い頬。桜の色に似た、小さな唇。

「そんな女人を見て、もっと親しくなりたいと思えば、歌を詠めばいい。あなたに逢いたい。逢って、言葉を交わしたい。許されるなら、その手を取り、共に時を過ごしたい。……そう思う気持ちが、恋だよ」

「……」

「歌は、その恋心を愛しい女人にわかってもらうためのものであって、やり取りが恋のすべてではない。やり取りの前には、心があるのだよ」

雅遠は、目を大きく見開いたまま、瞬きもせず、虚空の一点を見つめていた。

逢いたい。

逢って言葉を交わしたい。

共に時を過ごしたい。

それは。

「……会って、話して、一緒にいたいって、つまり、そういうことですか」

「そういうことだね」

「それが、恋なんですか」

「そうだよ」

「……」

雅遠は目を剝いたまま、凍りついたように固まった顔を、ぎこちなく敦時へと向けた。

目が合うと敦時は、さらに涼しげな笑みを浮かべる。

「歌のやり取りの前には心がある。——そして、やり取りの後には、触れ合うことがある」

「ふれ……？」

「互いに触れ合うことだよ。きみのために簡単に言うなら……そうだな、逢って、話して、一緒にいたいと思ったら、抱きしめるのだね」

「だき……？」

「抱きしめる。あとは……まぁ、したいようにすればいい。その先の相談が必要なら、必要なときに、いつでも話は聞こう」

敦時はまた扇を広げ、さも愉快そうに笑い出したが、雅遠の表情は、逆にみるみるうちに険しくなる。

……ちょっと、待て。

何なんだ。

雅遠は、ふらりと立ち上がった。

「おや、どうした？」

「……帰ります」

「泊まっていかないのか」

「いや、何か……ものすごく腹具合がおかしくなってきました」

「……無風流だね」

仲間たちに挨拶もせず、手に盃を持ったままなのにも気づかないまま、雅遠は、ふらふらと階を下りる。

「雅遠、沓を忘れると馬には乗れないよ」

「……あー、はい」

そうだ。沓だ。それと馬。玄武に乗ってきたのだ。

沓を取るついでに階に盃を置いて、雅遠は庭を歩いていった。足まで、棒のように固まっているようだ。

……会って、話して。

一緒に。

それなら、わかる。……そういう気持ちなら、よく、知っている、気がする。

桜姫。

「……桜姫」

見上げた空に、月があった。

雲の切れ間から覗く下弦の月、ほの白い光は、夜道を駆ける、充分な明かりになる。

会いたい。……逢いたい。

逢って、話して、それから——

雅遠は、馬を走らせていた。

愛馬はすでに、主人がどこへ行きたいのかを知っている。

昼間なら避けている、白河への最も短い道のりを、風を切って駆けていく。

逢いたいと思う、顔を見て、話をして、一緒に時を過ごして、それで笑ってくれればいいと思う——その想いの正体に、気がついた。

歌を詠み交わしたことは一度もない。だが、それがただの手段でしかないのなら、省いたって構わなかったのではないか。

……何だよ。

肝心なのは、歌じゃなくて、心のほう。

そんなことだなんて、知らなかった。いままで誰も、教えてはくれなかった。

見たこともない、話したこともない相手に、逢いたいなんて思えない。しょせん自分は、世の中から外れているのだ。

……でも、これならわかる。

逢いたいと思うから、逢いにいく。それを恋心だというのなら、認めていい。

信材は、中の君を諦めきれなかったと言った。拒まれて、それでも逢いたいと思ったと。

……俺も、拒まれてたな。
ここは鬼の住処だから、災いが起きるから二度と来てはいけないと、拒まれていた。
それでも強引に訪ね続けたのは、何故だろう。
暇だった。居心地がよかった。のんびり花見がしたかった。——どれも合っている
けど、どれも違う。暇でなくても行きたいし、知り合いに見つからないよう、いちい
ち道を変えて訪ねるのも面倒だ。そして花は、とっくに散っている。
……桜姫がいるからだろ。
面倒でもいい。花なんか咲いてなくてもいい。暇だって作る。それくらいの手間は
いとわない。
ひゅうひゅうと耳元で鳴く風の、冷たさが頬を叩くが、いまはそれすら気持ちいい。
手綱を握りしめながら、雅遠は前方に伸びる白河への道を挑むように見据え、口の
端を引き上げて、我知らず笑っていた。
逢いにいく。
逢って、話して、一緒にいて、そして——
かりかりと、何か引っ掻くような音で、詞子は目を覚ました。

いつのまにか、眠ってしまっていたのだ。……いや、眠るために塗籠に入ったのだが、眠れなくて、壁に寄りかかって座ったまま、ぼんやりしていた。そのまま横にならずにうたた寝してしまったらしい。

ため息をついて、ふと頬に手をやると、乾きかけた涙が指先についた。

「……」

あれほどここに来てはいけないと言っておきながら、雅遠がたった三日来なかっただけで、この有様だ。我ながら情けない。

……駄目じゃないの。

逢いたいと思ってはいけない。本当は、遠ざけなくてはならない。

この宿命に巻きこまないためには、これ以上、関わりを持ってはいけない。

頭ではわかっている。わかっているのに、心が違うことを叫ぶ。

どうかここに来てください。

あたりまえのような顔で、側にいてください。

束の間でいい、この身を縛る呪いの言葉を、あなたの声で忘れさせてください。

長くは続かない、続くはずはない、はかない夢だと知っているけれど——

「……」

かりかりという音は、まだ続いている。どうやら瑠璃か玻璃が、塗籠の妻戸を引っ掻いているようだ。爪を研いでいるのかと思ったが、それにしては、低い声で何か唸っている。

もう一度息をつき、詞子は妻戸を開けた。暗闇に、二匹の目が光る。

「どうしたの……」

玻璃が単の裾をくわえ、引っぱった。外に出ろということか。

「待って……いま上に——」

単の上に何か羽織らなくてはと、さっき脱ぎ置いた袿に伸ばしかけた手が止まる。

「……」

蹄の音が、聞こえなかっただろうか。

詞子は、表のほうを振り向いた。

月が出ているのか、下げたままの御簾が、ぼうっと白く浮かんで見える。

やはり蹄の音だ。止まることなく、次第にはっきりと聞こえてくる。

……あれは。

そう、間違いない。いつもは朝に耳にする、雅遠の愛馬の——

「……っ！」

詞子は、転がるようにして塗籠から出た。袴の裾がもつれて、うまく走れない。

それはまったくの衝動だった。

もう何年も持つことのなかった、期待という感情だとも、わからないまま。

詞子は廂の御簾をはね上げていた。月明かりに、一瞬、目がくらむ。

よろけながら、また一歩、前に踏み出した。

「……桜姫……」

声。

その姿。

「雅……遠、様……」

来てくれた——


馬から飛び降り、手綱を繋ぐのももどかしく、雅遠は中門をくぐり庭に駆けこんだ。

枝垂れた葉桜が夜風に吹かれ、大きく枝葉を揺らしている。

すっかり夜も更けて、もう休んでいるに違いない——何故か、それを考えつかなかった。

桜姫はここにいる。

足早に建物に近づいたとき、白い姿が目に飛びこんできた。

「……」

長い黒髪が風にあおられ、白い衣にまとわりついている。

桜姫——と呼びかけたとき、その顔が、いまにも泣きそうに歪んだ。頼りない、幼な子のような泣き顔だった。

がんじがらめでどうにもできなかった結び目が、嘘みたいにするりと解けていくように、心の内で、何かが動く。

微かな声が、名を呼び返す。

逢って、話して、一緒にいたいと思ったら——

雅遠は沓を蹴り落とし、たった二歩で、階を駆け上がった。


来てくれた——と思った、その次の瞬間、雅遠に抱きしめられていた。

……抱きしめられているのだと思う。

これは、そういうときのことを言うのだと、思う。

息が苦しい。

雅遠が、自分を難なく抱え上げられるほどの力強い腕を持っていることは、知っていた。

その腕が、我が身を捕らえている。

強くて――このまま押し潰されてしまいそうなほど痛くて、息苦しくて、熱い。

こめかみのあたりに、微かな息づかいを感じる。頭を押しつけられている胸から、心(しん)の臓(ぞう)が、しきりに戸を叩いているかのように、打ち響いているのがわかる。

「……」

体に力が入らない。それなのに倒れもしないのは、大きな手に、腕に、支えられているからだ。

いま、自分がどうなっているのかということはわかるのに、何故、そうなっているのかが、わからない。

どうして――

「……やっと逢えた」

吐息に混じってすぐ耳元で聞こえた、少しかすれた低い声に、詞子の肩が揺れる。

それで雅遠が、ようやくわずかに腕の力を緩め、顔を覗きこんできた。

「逢いたかったんだ」

その言葉はあまりに素直で、笑った顔がいつもよりやさしくて、詞子は、ただぼんやりと見とれていた。自分はもしかして、いま、眠っているのかもしれない。それでこんな夢を見ているのではないか。

……夢？

いや、夢なら——何というか、もう少し、何かが違う気がする。

たとえば、そう、背中の、自分を抱き寄せている腕のあたたかさとか、髪や頬に触れてくる手の感じが、ずいぶんはっきりとしているとか。

「……」

詞子はぱっと目を開き、息をのんだ。

現実。

「まっ……雅遠、様っ?」

「うん?」

「な……何故……」

「余計な用事に時間を取られて、来られなかったからな。夜遅いとは思ったんだが、桜姫に逢いたかったから、来たんだ。——もしかして寝てたか?」

「え?」

雅遠の視線を追って、胸元に目を落とした詞子は、自分が単一枚の姿のままで出てきてしまっていたことに気づく。

「——きゃ……」

「うわ、ちょっ……」

思わず声を上げて雅遠を突き放そうとしたところを、逆に頭を抱えこまれた。

「叫ぶな叫ぶな。みんな寝てるんだろ？」

「……っ」

そうだった。そうなのだが、大失態だ。こんな格好で雅遠の前に出てきてしまうなんて。

「は、放してください。すみません。あの、何て見苦しい……」

「見苦しくはないけどな、寒くないか？　悪かったな、急に起こして。……あれ？　もともと起きてたのか？」

「る……瑠璃と玻璃が……」

「ああ、あいつらに起こされたか」

いたたまれなくてうずくまった詞子の顔を、雅遠はわざわざ一緒にしゃがんで、覗きこんでくる。……こういうときぐらい、見なかったふりをしてほしい。

「もしかして恥ずかしいのか？」

「……そういうことは普通訊かないものですっ」

「いいじゃないか別に。裸じゃあるまいし」

「あっちを向いていてください、もう……」

泣きたい気分で、詞子が這うようにして御簾の中に戻ろうとする横を、雅遠が面白そうについてくる。見ないふりができないどころの話ではない。

「女人が恥ずかしがってる顔ってのは、可愛いもんなんだな」

「……は？」

「あ、桜姫だから可愛いのか？」

詞子の膝が、ぴたりと止まった。……いま何と言っただろうか？

振り返ると雅遠が、じっとこちらを見ている。

「……うん。そうだな。たぶん、そうなんだろうな」

「はい……？」

「あのな、桜姫。――俺はそなたに、恋をしたらしいんだ」

「……」

膝でにじり歩いている途中の、おかしな姿勢のまま、詞子は黙って、雅遠と見つめ合っていた。

恋をしたらしいんだ。

こい。……あの、恋のことだろうか。

「わかるか桜姫？　もう一度言うぞ。俺はそなたに、恋をしたんだ」

「……」

「聞いてるか？」

「聞いております」

「うん。――じゃあ、そういうことだ」

「……」

やっぱり夢だろうか。

雅遠は自分の言ったことに満足したように、大きくうなずいている。

「あの」

「うん？」

「……どういうことですか」

「何だ、聞いてたんだろ」

「聞いておりましたが、いったいどういう気まぐれかと……」

「気まぐれとは何だ、気まぐれとは」

途端に雅遠は不機嫌そうに唇を尖らせ、詞子のほうに身を乗り出してきた。顔が近い。

「俺は、いままで恋というものが何なのか、知らなかったんだ。いや、恋というのは、女に歌を送らなくちゃならん、面倒くさいものだと思ってた」

「……そういう慣習ですから……」

「そうだ。慣習を恋だと思ってた。でも、違うってことがわかった。俺はそなたに逢いたい。顔を見て話したい。一緒にいたいんだ。それと――ああ、そうだ、抱きしめたいと思った」

「……」

まさか、それでさっきの——

「そうしたいと思うのが、どうも、そなたしかいないんだ。よくよく考えてみたら、前からそうだった。そうでもなければ、二度と来るなとまで言われておいて、来たりしない」

「……」

「気まぐれじゃないぞ。絶対」

「……」

「いいか？　わかったか？　返事は？」

「……は……はい……」

「よし」

にっこりと笑って、雅遠は詞子の頭をちょっと荒っぽい手つきで撫でる。……これはいったい、何なのか。いま自分の身に、何が起きたのだろう。

「話がわかったところで、中に入るか。やっぱりここじゃ寒そうだしな。まだ話さなくちゃならないことがいろいろあるんだ。ひとまず座ろう」

言うが早いか、雅遠はそのまま詞子を抱き上げ、烏帽子の先が長押（なげし）に引っかからないよう慎重に身を屈めながら、御簾の内に入った。

「あ……あの……」

せめて袿を取りに行きたい。そう思ったが、詞子を茵に下ろした雅遠は、腕は抱きかかえた格好のまま、離れることなく横に座った。

「うん。これで寒くないな」

「……」

「寒くないだろ？」

「……え……ええ……」

寒くはないが、いたたまれない。これでは、まるで、抱きしめられているようなものだ。いや、ようなもの、ではなく、どう考えても抱きしめられているのだが。

……いったい、どうなっているの……。

背中を覆う人の温(ぬく)もり。肩を抱く手の感触。自分のものとは違う、香の匂い。

寒くないどころか、体中が熱い。

「それで、このあいだの話なんだが――」

「あの。……ま、雅遠、様……」

「何だ？」

「その……わたくしは、ずっと……鬼と呼ばれてきておりまして……」

「知ってるが鬼じゃない。いまさらどうした」

「ですから、そう呼ばれてきた身では、その……恋というものに、まるで縁がありませんでしたから……」

「気にするな。俺もそうだ」

「……わたくしは、どうすればよろしいのですか？」

すぐ間近の雅遠を見上げる、きっと自分の顔は、途方に暮れているだろう。

恋をしたと言われて、それでどうすればいい？

逢いたいと思っていても、それを口にすることすらはばかられる自分に、何ができる？

「わたくしは、呪い持ちで……雅遠様が気にしておられなくても、呪い持ちであることに違いはなくて……それなのに……」

どうして、恋をしたなどと言うのか——

雅遠は眉根を寄せて上を向き、少し首を傾げていたが、しばらくして、また詞子を見た。

「そなたは、どうもしなくていいんじゃないのか」

「……え？」

「俺が桜姫に恋をしてるんだ。そなたはそれを知っててくれればいい。あとは……ま、そうだな。もう来るなとか、そういうことを言わないでくれると嬉しいんだが」

「……」

「そなたが何の呪いを持っていようと、俺はここに来たいんだ。そなたに逢いたい。一緒にいると楽しい。……だから、追い出されるのが一番困る」

胸がしめつけられるようだった。

確かに、二度と来ないようにと言ったことはある。いまでも、本当はそう言わなくてはならないと、思っているが。

「……言いたくて、言っているのでは……」

「そうだな。そなたは俺を心配して、そう言ったんだな」

肩を抱く手に、力がこめられた。

「わかってるんだが、やっぱりそなたの口から、来るなとは言われたくないんだ。だから言わないでくれ。いいな？」

その声は途惑うほどやさしくて、穏やかで——だから、うなずかないわけにはいかなかった。

雅遠はほっとした様子を隠そうともせず、嬉しそうに笑っている。それが少し、悔しい。

「……あなた様はいつも、わたくしが驚くことばかり仰いますね」

「そうか？　驚かそうとしてるつもりはないぞ」

「でも、わたくしは驚いてばかりです。……今夜のことだって、とても淡路と葛葉には聞かせられません」

「驚くかな」

「ええ、きっと」

「ふーん。……じゃあ、驚かさないように話そう」

「どうやってです？」

「そうだな、えーと……ゆっくりしゃべるとか」

「……そういう問題ではありませんよ」

　呆れながらも、つい頬が緩んでしまった。……まったく、このひとは。

　側を離れるどころか、腕を解く気配すらなく、雅遠は上機嫌といったふうに、詞子を眺めている。

　こうして触れられていると、ひどく心が騒いで、それなのにどうしてか、とても安心してもいた。矛盾していると思うが、本当だった。

「……なぁ。そなたが鬼でも呪い持ちでもないって証が立てられれば、そなたは俺を心配しなくてすむのか？」

「え……」

目を上げると、雅遠は、ごく真面目な顔をしている。

「ここに来られなかったあいだに、陵王の面を盗んだ男に会ってきた。二条中納言邸に押し入って中の君をさらおうとしたのと、同じやつだ」

「……」

それは——

「わたくしが……矢を……」

「ああ。……怪我はもう治ってるそうだ。気にすることはない」

雅遠は左腕で詞子の背を抱き、右手で肩からこぼれる詞子の長い髪に指を絡ませながら、静かに話し始めた。

「坂川信材という雅楽寮の使部をしてた男で、六角堂に参詣した中の君を見て、恋をしたんだそうだ」

その信材から聞いたという話を、雅遠は詞子に淡々と話して聞かせた。信材の恋が破れ、恨めしく思いながらも諦めきれず、陵王の面を盗み、艶子をさらおうとして、詞子の声に止められた——

「……信材は、二度と中の君に手出しはしないと誓った。髪を下ろすのもこの目で見た。だから、もう大丈夫だ」

「そう……ですか……」

詞子は目を伏せ、そっと息を吐いた。

「しかし、どうして陵王だったんだかな」

「……はい？」

「いや、舞楽の面なら、陵王でなくても、いくらでもあるだろ。ま、確かに雅楽寮にあった陵王の面は金色で派手だけどな、どうせ夜だったんだし、鬼に見せかけるためなら、何でもいいように思ったんだが……。納蘇利の竜の面とか、八仙の鶴の面とかでも、暗いところで見たら結構驚くんじゃないか？」

詞子は、瞼の裏にあの夜の鬼を思い浮かべた。稲光の下に見た、恐ろしい顔。

「……わかるような気がします」

「わかる？」

目を開けると、薄闇は、あの夜よりはるかに穏やかでやさしい。

「……陵王は、美しい顔を隠すために、わざと恐ろしい面を被りましたね」

「そうらしいな」

「その使部の方の恋心も、本来は美しいものだったはずです」

「……」

そっと雅遠に目を向けると、雅遠はなにやら神妙な面持ちで、次の言葉を待っている。

「ですが、その想いが破れてしまったとき……美しい恋心は、恐ろしい鬼の心に、覆われてしまったのではないでしょうか」

「……中の君を憎んでか？」

「諦めきれず逢いたいと願う半面で、恨めしくも思ったのではありませんか」

雅遠は、あっと小さく声を上げた。

「……信材は、愛しいのと同じだけ憎いとも言ってたな」

「美しい恋心を醜く覆わなければ、あの子をさらいに行くことはできなかったとしたら……その気持ちが、陵王の面を選んでいたのではないかと……」

そう――思ったのだ。

それはおそらく、あの韓藍の女も。

父が通っていたころは、きっと、美しかったのだろう。それが枯れ木のように痩せ、乗りこんできたときには鬼の形相となっていた。

……愛しいのと同じだけ、憎かった……。

それは何て、哀しいことだろう。

「恋心ってのは、案外難しいものなんだな……」

見ると、雅遠が唇を尖らせ、困り顔で首を傾げている。さも難題を持ちかけられたかのようなその表情に、詞子は思わず、小さく笑った。

「人の心です。簡単なものではございませんでしょう」

「そうなんだろうが、俺は今日初めて、恋心というものを知ったばかりだからな……」

雅遠のつぶやいたひと言が、水面に落ちた一滴のように、胸に広がる。

さざ波はやさしくて、ほんの少し痛い。

恋心というものは――

そう、本当なら、やさしいもののはずだ。……この背を抱く、腕のように。

愛しいのと同じだけ憎いという、それは。

「逆の言い方をすれば……憎いのと同じだけ、やはり、愛しく思っていたということです」

「うん?」

雅遠は、ますますわからないといったふうに、目を瞬かせた。

「わたくしが矢を射かけたとき……鬼の姿をした者は、艶子をかばったのです」

「かばった?」

「射られるとわかって、とっさに、艶子に当たらないようにとしたのでしょう。あれを見たときに、鬼か人かはわかりませんでしたが、もしかしたら艶子を傷つけるためにさらおうとしているのではなく、何か、別のわけがあるのかもしれないと……」

あのとき鬼は、艶子に覆い被さり、全身で守ろうとしていたのだ。艶子が憎ければ、守ろうとするはずがない。

「……憎みきれなかったのでしょう。それは、どれほど恐ろしい面で偽っても、美しい心があったからだと思います」

恋しいと想う気持ちが、鬼の心を阻んでしまった。

どれほど恐ろしい面で隠しても、その下の恋心は、やさしいままだったのだ。

「……悔しいな」

詞子の頭に、ほんの少し、重みがかかった。雅遠が、頬を寄せている。

「そなたは中の君を守るために弓を引いた。信材はそれが中の君に当たらないようにかばった。……どっちも中の君のためなのに、中の君にはまったく通じてないじゃないか」

「……それは、仕方ありません」

詞子は、微苦笑を浮かべた。

「片や顔を隠して鬼のふりをして、片やその鬼を呼んだのだと思われているのです。あの子のためなどと、誰も考えません」

「だから悔しいんじゃないか。──なぁ、明日にでも二条に行ったらどうだ。妹に、鬼の正体はおまえが振った男だと言ってやったらいい。さらわれかけたのは自業自得だってな。そうすれば、鬼が出たのはそなたのせいじゃないっていう証しになる」

「無駄です」

「そんなことない」

雅遠が、顔を覗きこんでくる。息が触れるほどに近い。

「このままでいいはずないだろ。いつまで世間に鬼呼ばわりさせておくんだ」

「……でも、鬼の正体を明かしたところで、わたくしのせいではないという、証しにはなりません」

「なるだろ」

「なりません。……わたくしが本邸に戻りたいばかりに、作り話をしていると思われるだけです」

「じゃあ、信材を——」

「おやめください。出家までされた方に、これ以上つらい思いをさせたくはありません」

「……っ」

雅遠の顔が、苦しげに歪んだ。

その表情を間近で見つめながら、詞子は、不思議な気持ちに囚われていた。

嬉しいような気がする。しかし哀しくもある。それでいて、何故か胸の内があたたかい。

「……わたくしは、呪いを持っております」

そう言えば、雅遠はすぐに不満そうな顔をする。

「それは、本当のことです。そしてこの呪いは、どうしても祓えません。鬼を呼ぶことはできませんが、災いは、呼びたくなくても呼んでしまうのです。……証しをひとつ立てたところで、そのことは、変わりません」

ゆっくり、言い聞かせるように話すと、雅遠はますます悔しそうに歯を食いしばる。

仕方がない。……雅遠は知らないのだ。四つのこの身に、何があったのかを。

知られたくはない。

知られて、今度こそ本当に恐れられたら——

「雅遠様は……いま、わたくしを鬼とは思っていないと……」

「思ってない」

「……わたくしには、それで充分です」

雅遠は口を真一文字に引き結び、大きく目を見開いて、詞子を凝視する。

「俺は嫌だ」

「……」

「嫌だ。……悔しいんだ。そなたがたったそれだけのことで充分だなんて言うのも悔しいし、俺が何もできないのが、もっと悔しい」

「雅遠様……」

「もっと何か、俺にできることはないのか。桜姫。俺はどうすれば、そなたを救える」

「……」

詞子は、ただ、弱々しく首を振った。

韓藍の女がこの身にかけた呪いは、一生の枷だ。艶子が幸せに生涯を終えるまで、ずっと続く、逃れられないさだめなのだ。禊をしても消えなかった血の呪縛は、誰にも解くことはできない。

……でも。

もし、望めるのなら――

詞子は、震える指で、雅遠の右手に触れた。

「……を……」

「うん？」

「手を……少しのあいだ……」

「……」

差し出された雅遠の手を、詞子はすがるように両手で握りしめた。

雅遠は黙ってその手を握り返し、左手では詞子の肩をきつく抱きしめ直してくる。

望めるのなら――ここにいてほしい。

わずかな時間でも構わない。逢いにきて、側にいてほしい。

恋をしたと言ってくれた、その言葉が、間違いなく夢ではないと信じられるように。

……いいえ、違う。

本当は、現(うつつ)であってはいけない。恋などという、強い関わりを持ってはいけない。

そう思うのに、それでも夢でなければいいと願う矛盾。

心の内は明かせない。決して、言葉にして伝えることはできない。

だから、せめて、いまだけ。

きつく目をつぶり、握りしめた手を額に押しあてる。

この肌のあたたかさまで、夢ではないと信じられるように——


早朝——白河の別邸に雷が落ちた。

ただし、葛葉の怒声という名の雷である。

「夜中に上がりこんで姫様を起こして、そのうえこんなところで寝ているなんて、まったくどこまで図々しいんですか！」

「いいじゃないか別に。夜中に訪ねたのも泊まったのも、初めてじゃあるまいし」

「開き直ればいいということではありません!!」

……夢じゃなかったのね。

もともと吊り気味の目をますます吊り上げる葛葉と、昨夜のままに詞子にぴったり寄り添っている雅遠のやり取りを聞きながら、詞子は額を押さえてため息をつく。

昨夜、雅遠は結局帰ろうとせず、それどころか詞子から離れようともしなかった。そのうちどちらからともなく眠ってしまい、そのまま朝になって、淡路と葛葉に発見されて起こされるという事態に陥った結果、詞子は、昨夜の雅遠の話が夢ではなかったという確証は持てたが、その代わりに、とても気まずい思いをしなくてはならなかったわけである。

「姫様も姫様ですよ！　こんな男の前に、そのような格好で――」

「親しい間柄なら、このくらいくつろいだ格好だっていいじゃないか」

「あなたに言われたくありません！　だいたい、いつまでそうやって姫様にくっついているつもりですか！　いいかげんに離れてください！」

「うわ、痛い痛い痛い！」

葛葉が無理やり雅遠の腕を引っぱろうとし、雅遠はなおも詞子にしがみついてくる。

こうなると、まるで子供の喧嘩だ。

「桜姫、葛葉が邪魔するんだが何とかしてくれ」

「……存じません、もう」

「あっ、何か冷たくないか？　まさかひと晩寝たら、俺の話を忘れたとか言うんじゃないだろうな？」

「……」

「ちょっ、おい、何で目を逸らすんだ？」

あまり顔を近づけないでほしい。……せめて、葛葉と淡路の見ている前では。

詞子はもう一度息を吐き、こちらを覗きこもうとする雅遠の肩を、押さえる程度にそっと止めた。

「ひとまず、朝餉を召し上がっていかれますか」

「うん？　ああ、そうだな。腹が減った」

雅遠はようやく少し体を離し、葛葉も不機嫌な表情ながらも、引っぱっていた雅遠の腕を放す。詞子は雅遠と目を合わせづらくて、その隙に、さりげなく立ち上がった。座ったままで寝てしまったせいか、背中や足が痛い。

「淡路、小鷺に言って、粥でも――」

「……あのぉ」

それまで葛葉の後ろで静観していた淡路が、おっとりと遮った。

「雅遠様は、昨夜、姫様に何のお話をされたんですか？」

「え？」

詞子がぎくりと顔を上げたのと同時に、雅遠がごくあっさり、のんびりと告げる。

「あー、俺が、桜姫に恋をした、っていう話をな」

「……まぁ」

「は!?」

さほど驚く様子もない淡路とは反対に、葛葉がものすごい勢いで雅遠を振り向いた。

「何ですって!? いま何と言いました!?」

「だからー、俺がー、桜姫にー、恋をしたーって……」

「はぁあ!?」

……驚かさないようにゆっくりしゃべっているらしいが、当然、まったく効果はない。

「まぁまぁ……そうですか。それはおめでとうございます」

「おお、ありがとう」

「何がめでたくて何がありがたいんです!?」

淡路は至極のんき気だが、葛葉の雲行きがますますあやしい。詞子はそっと、その場を離れようとしたが。

「姫様? これはどういうことです? この厚かましい無遠慮な方が、姫様に恋をしたとか申しておりますが、よもや昨夜、何かあったのではありませんね?」

「……何も……なかったと思う……わ？」

何かというのが何のことを指すのかは、よくわからないが。

「何ですかその歯切れの悪いお返事は。まさかこの男、姫様に手を出したのでは――」

葛葉ににらまれ、雅遠が首を傾げる。

「手を出したといってもいろいろあると思うが、どの程度に手を出すと、おまえの言う手を出したということになるんだ？」

「ですから！」

「まぁまぁまぁまぁ、葛葉、いいじゃないのそんなこと。あ、朝餉でございますね？　はいはい、すぐに御用意いたしますから。はい、葛葉も一緒に来て。お顔を洗うお水も持ってこないとねぇ」

「ちょっと淡路さん――」

淡路は満面の笑みのまま葛葉の腕を摑むと、いったいどこにそんな力があったのかというくらいの勢いで、奥へと引きずっていってしまった。葛葉の抗議の声が、次第に遠くなっていく。

「淡路は物わかりがいいなー」

「……よすぎて何か誤解しているような気がします」

寝不足なうえ、起き抜けにこの騒ぎでは、あらためて思い悩む余裕もなかったが、昨夜からどうも、とんでもないことになっている。

「――信材のことは、あとで俺が淡路と葛葉にも話す」

振り向くと、雅遠が立てた片膝に頰杖をつき、こちらを見ていた。

「そなたは、その前にした話を忘れるなよ?」

「……いっそ忘れられれば、どんなに気が楽か知れません」

「冷たいな」

「夢で聞いた話でなかったのが、恐ろしいです」

雅遠は片手で頰杖をついたまま、じっと、射るような眼差しを向けてくる。

「……恐ろしいのか?」

「はい」

詞子は雅遠の目を、見つめ返した。

朝の光が御簾を通して届き、雅遠の凜とした面差しを、はっきりと見せている。

「……わたくしは鬼でも恐ろしいとは思いません。ただ、人の言葉は、恐ろしく思います」

「人の言葉か」

「そうです」

「俺の言葉も、怖いか」

「怖いです」

恋をしていると
そう言ってくれたことを、疑うわけではない。

だが、それを聞いてしまえば、今度は雅遠が、いつその気持ちを失ってしまうのではないかと、怖くなる。

想いは、秘めて言葉にしなければ、相手に覚られることもない。

いつか雅遠が、自分に恋をしたのは気の迷いだったと思うときがきても、それを雅遠の口から言葉として聞くまでは、まだ自分は夢を見ていられる。

……人の言葉は、怖い。

そして、人の心も。

「怖いです。……人の宿命は、たったひと言で変わることもありますから……」

「……」

雅遠が、目を逸らすことなく、立ち上がった。

一歩、近づいてくる。

「そうだな。たったひと言で変わることだってある。——良いほうにもな」

「……」

「俺はそなたが好きだ。桜姫」

にこりと、まるで無邪気に、雅遠が微笑む。

「この言葉も怖いか？」

「……」

「怖いと思うなら、仕方ない。でも、疑ったりはするなよ？」

子供のような笑い顔が、どうしてこんなに、大人のように見えるのだろう。

何故そんなに、あたたかく笑えるのだろう。

「信じろ。……俺は桜姫が好きだ」

雅遠が、手を伸ばしてくる。

頬に触れる指は、確かに夢ではないのに——夢でないことが嬉しいのに。

……幸せなだけの夢ならよかった。

それなら、失う怖さを持たずにいられたのに。

＊＊　　＊＊　　＊＊

「また遠乗りですか？」

そう訊いてくる保名の口調は、ここのところ刺々しい。

「また遠乗りだ」

「そうやって毎日毎日毎日……いったいどこにお出かけなんですか」

「おまえはそんなこと気にしてないで、早く出仕しろ」

雅遠は自分の周りをうろうろ歩く保名を軽くあしらいながら、狩衣に袖を通した。

「行きますよ。行きますけどね、雅遠様が心配なんですよ。こう頻繁に外に出られて、何かおかしなことに巻きこまれておいでなんじゃないかって……」

「別に何にも巻きこまれてないぞ。いまごろは遠乗りにいい時季だから、出かけてるだけだ。そんなに心配なら、玄武にでも訊いてみればいい」

「馬はしゃべりません……」

肩を落とす保名を横目に見ながら、雅遠は、心の中で乳兄弟に詫びる。

実の兄弟より近しい保名にまで隠し事をするのは、確かに心苦しい。しかし、これは特別なこと、乳兄弟にも迂闊には話せない、大事な隠し事だ。

……それにしても、昔からさんざん迂闊だ軽はずみだと言われてきた俺が、よくこの秘密だけは、いまだに保てていられるもんだな。

その点に関しては、我ながら感心してしまう。……もっとも、秘密を堅持しているのは、全部自分のためなのだが。

「さてと。――今日もいい天気だから、ひとまわりしてくるか」

「ひとまわりでもふたまわりでも結構ですが……それにしても、最近は珍しく、遠乗りでも気を遣った格好で行かれるようになりましたね」

「……へ？」

雅遠は思わず、袖を広げて自分の格好を眺めてしまった。花鳥の丸文様を配した浅紅の綾織に、黄の裏地を付けた狩衣である。ごく普通の狩衣だが。

「派手か？」

「いえ、色や文様じゃなくてですね。以前でしたら、馬に乗るだけなんだから格好なんかどうでもいいって、まだ裏地も付けていないものとかを着て、出かけてしまわれたりしてたじゃないですか」

「……」

確かに、付き合いでやる蹴鞠などのときは別として、独りの遠乗りで格好なんていちいち気にしないから、裏地が付いていなかろうが、袖の紐が抜けたままになっていようが、まったく構っていなかったが。

「それじゃあ、何か？　おまえは俺が普通の格好で外に出るのはおかしいとでも？」

「いっ、いえいえ！　とんでもない！」

雅遠がにらむと、保名は慌てて、首と両手をいっぺんに振る。

「たいへん結構なことです。はい。まぁ……できれば、せめて遠乗りや蹴鞠のとき以外は、家の中でも直衣をお召しになっていただくとか、あと、今後また女人のところへお出かけになる機会がおありでしたら、そのときにも狩衣のままでお出でになるのはやめていただければ、とか……」

「小言なら聞かんぞ。俺は狩衣でも文句を言わない女がいい」

「……これ以上、女人と縁遠くなったらどうするんですか……」

嘆く保名から顔を背け、雅遠はこっそり舌を出した。

桜姫は、雅遠の格好について何も言ったりしない。狩衣を脱いで単だけで昼寝をしていたときだって、黙って袿を上に掛けてくれた。……もっとも葛葉は、くつろぎすぎだ、だらしないと、いつも顔をしかめているが。

……でも、せっかく逢いにいくんだしな。

独りの遠乗りと、桜姫に逢うのとでは、やはり気の入れ方が違うのだ。そうなると、さすがに裏地がない、紐が抜けた、といったものは着ないようにしようと——その程度の気遣いは、いくら雅遠でも、するようになる。

桜姫も、着るものに気を遣っているらしい。別に雅遠が、桜姫の格好をおかしいと思ったことは一度もないが、淡路の話では、近ごろ特に、数少ない衣の襲をあれこれ苦心したり、有輔がわざわざ取りに行かなければ、二条中納言の本邸からは暮らしに必要なものも届かないというのに、そのわずかな材料で染め物をしたりしているという。

……何着てたって可愛いんだけどなぁ。

「はい？　何か仰いましたか？」

「いや、何も」

訪ねていって、雅遠が御簾をくぐるたび、桜姫は少し落ち着かない様子で、襟や裾を直したりする。そういう仕種（しぐさ）すらも可愛いと思えるのだと、最近気づいた。

「じゃあ、出かけるからな」

「……はいはい」

大きくため息をついた保名が、何か思い出したように、あ、と声を上げた。

「そういえば――このあいだ、陵王の面がなくなった件ですが、片付いたそうですよ」

「片付いた？」

「ええ。雅遠様に頼まれてお調べした、坂川信材という使部ですよ。その男が盗んだんだそうです。売り払おうとでもしたんですかねぇ。そうしたら、犬に噛まれて出仕できなくなってしまったとかで、それも天罰かと思ったようで、罪を悔いて出家して、面を返しにきたんだとか……」

「……へーぇ」

信材は誓いを守ったのだ。……守ってくれたなら、それでいい。

桜姫に信材の話をしたとき、やはり、信材のもうひとつの罪については、伏せていてほしいと言われた。二度と妹をさらうようなことさえしなければ、それでいいと。

「面が戻ったなら、よかったじゃないか」

「それは、もう。雅楽寮の知人も、ほっとしていましたよ。――ところで」

保名がまた、剣呑な目で雅遠を見る。

「うちでも失せ物探しをしているの、御存じですか」

「へ？」

「ここの女房たちの持っている絵巻が、見当たらないんだそうです」

「どこかに置き忘れたんじゃないか？」

「五巻も、ですか？」

「……」

そういえば、双六で負け続けて、一巻ずつ持ち出しているうちに、五巻になってしまっていた。そろそろ返してもらわないと、危ないだろうか。

「俺は知らん。絵巻なんか見ないからな」

「ですが、私には雅遠様ぐらいしか心当たりがないんですが」

「何で俺なんだ」

「昔からよく物をなくされてたじゃないですか。扇がないとか沓が片方ないとか……」

「見てもいないものはなくせないぞ。ほっとけ。そのうち出てくるだろ」

ひらりと手を振って、雅遠は足早に部屋を出た。

……でも、喜んでるっていうしな。

本邸にいても絵巻すら滅多に見られなかったらしく、桜姫は自分が帰った後で、楽しそうに絵巻を眺めていると、これも淡路が、こっそり教えてくれた。

喜ぶなら喜ぶで、自分のいるときに喜んでくれればいいものを——と考え、雅遠は、ふと陵王の面を思い出した。

陵王の面を選んだ信材の気持ちを、わかると言った桜姫。……わかるなら、桜姫もまた、心の内にある何かを、隠しているのではないだろうか。

……隠してるから、喜べないのか。

雅遠は、白河への道を愛馬で走っていた。

喜ぶこと、楽しむこと、笑うこと——どれもありふれた心の動きなのに、どこか後ろめたそうな顔を見せるのは、隠したもののせいなのか。

隠したもの——

……呪いの正体、か？

雅遠は、知らないうちに手綱を緩めていた。

桜姫が話したくないなら、無理に聞き出そうとは思わないが、かといって、気にならないわけではない。いつか話してくれればいいが。

関わると、災いが起きる――

別にこれまで、何の悪いことも起きていない。それどころか、白河に通う日々は、いままで以上に楽しい。

……いっそ一緒に暮らせたらいいけどな。

言ってみたところで、どうせ桜姫は、とんでもないことだと拒むのだろう。そういえば、結婚を持ちかけたときも、すごい勢いで反論された。

「……」

鴨川の流れを見渡せる橋の上で、玄武は足を止めていた。

結婚はできないと――そんな話になったことがある。

まだ、恋心を自覚する前だったが。

「……困る」

それは困る。すごく困る。

桜姫と結婚しないで、他の誰と結婚するというのか。

いや、したくない。他の誰とも。

雅遠は馬上で、しばし呆然と、うねる水の流れを見つめていた。

桜姫が好きだ。

通うにしても一緒に暮らすにしても、結婚するなら桜姫がいい。というより、桜姫でないと嫌だ。

……でも、結婚できない？

忘れていたが、呪いの問題の他にも、家の問題があった。……桜姫の父親は、自分の父親である左大臣派と対立する、右大臣派であるという事実。

右大臣に関わる女は選ぶなと、父親からすでに言い渡されているが——

「……だから何だ」

頭の中で、ごうごうと音が鳴り響いている。彼方(かなた)から流れ、止(とど)まることなく地の果てへと流れていく水の音。

家だの世間だの、それが何だというのか。父が誰かと結婚しろと言ったら、嫌だと言えばいいだけのことだ。左大臣家の息子はちっとも婿入り先が決まらないと、また世間が笑うなら、勝手に笑わせておけばいい。迷うことは、何もない。

雅遠は手綱を握りしめ、再び愛馬を走らせる。

白河へ。

桜姫に逢うために。

たとえ桜姫がどんな宿命に囚われていようと、世間の誰も自分と桜姫のことを認めようとしなくても——

「……俺はずっと、桜姫の側にいるからな」

雅遠の言葉は、強い向かい風に紛れ、消えていった。

もうすぐ雅遠が来るころだ。そう思いながら、詞子は借り物の絵巻を巻き直す。これも、そろそろ返さなくては。

顔を上げると、吹く風が御簾を揺らし、草木と土の匂いを運んできた。庭の緑が、まぶしいほどに色鮮やかだ。花の散った桜も、もう小さな実をつけはじめている。

「姫様──」

淡路が、紫草で染めた半色の布を持ってきた。

「御覧ください。まぁ、きれいに染め上がりましたよ。雅遠様も、さぞお喜びになるでしょうねぇ」

「あら、内緒よ、淡路？　わたくしは、まだ何も言っていないんだから……」

「……どうして姫様が、わざわざあの男の衣を縫ってやるんです」

淡路の後ろで、唐菓子の皿を持ってきた葛葉が、不満そうに低く唸る。

「だって、長雨の時季になっても、ここに来るとか仰るんだもの。雅遠様は、言ったことは必ずそのとおりにしてしまう方だから、いまのうちに着替えの一枚でも用意しておかないと……」

最近は雨の日でも外出できるような理由を考えているのだと、雅遠が言っていた。どうやら本気で、長雨でもここに通うつもりらしい。

……困ったひと。

詞子は少し目を細め、そうして、本当にそうだったらいいと思っている自分に気づく。

言葉にはできないが──

遠くから、走る馬の蹄の音が聞こえてくる。淡路と葛葉が、同時に、あ、と声を上げた。

「おいでですね」

「……来ましたね」

淡路が布を持って立ち上がり、葛葉もため息をつきながら、菓子皿を置いて奥に下がる。

瑠璃と玻璃が簀子に出て、近づいてくる蹄の音にしばらく耳を傾け、それから日当たりのいいところへ、それぞれのんびりと寝そべった。

雅遠が庭先から姿を見せるまでの、わずかな間──いつも、心がざわめいている。

今日も、どんな顔をして逢えばいいのだろう。

言えない想いを隠しながら。

それでも——

「……お待ちしていますから……」

御簾の向こうに現れる笑顔を思い浮かべ、詞子はそっと、つぶやいていた。

兄の計画

我が名は玻璃という。

二つ足で歩く者どもは我らのことを猫などと呼ぶが、我にはかの姫が名付けた堂々たる呼称があるのだ。ゆえに我のことを、ぞんざいに猫などと呼ぶ二つ足のことは、信用しないことにしている。

我には弟妹(ていまい)がいた。いや、いまもどこかにいるはずだ。しかし同日に八兄弟で生まれながら、現在、長兄たる我の側にいるのは、三男の瑠璃だけだ。

我とこの弟だけが、生まれて半年と経たぬうちに姫のもとへ送られた。そのときのことは、いまも憶えている。どうにも高慢で虫が好かない二つ足が、突然に我と弟の首根っこを摑むや、姫の前へ放り出したのだ。

「この二匹だけ、とんでもない不器量なのよ。あんたにお似合いだからあげるわ」

失礼極まりない。我のどこが不器量だというのか。……まぁ、たしかに弟の目つきの悪さは、おそらく天下一だが、この黒々としたつやのある毛並みは、弟妹の中でも際立っているというのに。

我がそう憤慨していると、弟は横目に我を見て、低くつぶやいた。

……兄貴、目つき悪いもんな。

毛色の違いはあれども、我と弟の顔がそっくりだったということは、あとで鏡なるものを偶然覗いたときに知ったのだが、とにかくそのような理由で、高慢な二つ足は我と弟のみを一族から引き離した。

だが、その日から我と弟の世話役となった美しい二つ足は、こう言ったのだ。

「あら、いいの？　ありがとう艶子。とっても可愛い子たちじゃない」

可愛いとは少々いただけないが、この時分の我らがまだ子供じみていたことを思えば、充分な褒め言葉である。何と見る目のある二つ足か。

しかもこの「姫」と呼ばれている美しい二つ足は、我と弟に玻璃、瑠璃と名付けたのだ。聞けば、貴い宝のことだそうな。ますます上出来だ。常にこの姫の傍らにある従僕が「まぁ、名前くらいは美しくしてあげないと、格好がつきませんからね」などと、何やら含みのあることをぼやいていたのはいささか気になるが、我らより古参の従僕ゆえ、勘弁してやろう。それにこの従僕と、これも常に姫に付き添っている丸顔の従僕は、我らの朝夕の膳を調える二つ足だ。良好な関係を築いておくにこしたことはあるまい。

しかししばらくすると、姫の不遇が我らにも見えてきた。それもこれも、あの高慢な二つ足が同じねぐらにいるのが悪い。縄張りを明け渡すのは癪に障るが、気のやさしい姫にとっては、新たなねぐらを探したほうがいいのではないか。

そんなことを弟と話し合っていた矢先、おあつらえ向きに、あの高慢な二つ足をどこぞへ連れていこうとする妙な二つ足が現れた。早く連れていけとさんざんけしかけたが、妙な二つ足は、失敗したようだ。我らは残念がったが、いかなる塩梅か、姫がねぐらを変えられることになった。

新しいねぐらは虫がふんだんに獲れて、実に働きがいのある場所だった。我らは満足していたが、これまたしばらくして、古参の従僕どもが姫に隠れて嘆いているのを聞いてしまった。どうやらこのねぐらでは、姫の食い物にも事欠く有様らしい。姫は虫も鼠も食わぬ。二つ足とはそういうものらしいので、これぱかりは我らにもいかんともしようがなかった。

我と弟は知恵をしぼった。そして従僕どもでは食い物を手に入れられないのなら、代わりに姫のために食い物を獲ってこられる、新たな従僕を連れてくればいいと結論を出した。問題は、新たなねぐらの周りでは、従僕になり得る二つ足がなかなか見つからないということだ。

どんな二つ足でもいいというわけではない。姫に生涯忠節を誓い、間違っても高慢ではなく、我らの意見にも耳を貸すような二つ足でなければ。

水が温んできたころ、我らの一念はようやく実った。

姫の新たな従僕になりそうな二つ足は、面の長い大物にまたがって現れた。あれは馬だ。あれに乗れる二つ足は、だいたい毛皮の色がいい。つまり上等な二つ足だ。

あれを逃してはならぬ。我らの妹にも勝る大事な姫の従僕だ。うまくねぐらに囲いこみ、我らできちんと飼い慣らしてやるのだ――


後日、瑠璃が「本当にあれでよかったのか？」とたびたびつぶやくことになるのだが、まぁ、我らにも辛抱が必要だろう。いささか行儀の悪いところはあるが、姫への忠誠心はこちらの望み以上だ。何より姫が明るくなったし、我らの朝夕の膳も前より量が増えた。気長に、気長に育ててやろうではないか。

―― 本書のプロフィール ――

本作は、小学館ルルル文庫より刊行された「桜嵐恋絵巻」に加筆・修正し、書き下ろし「兄の計画」を加えたものです。

小学館文庫

桜嵐恋絵巻(おうらんこいえまき)

著者　深山(みやま)くのえ

二〇二四年七月十日　初版第一刷発行

発行人　庄野　樹
発行所　株式会社 小学館
〒一〇一-八〇〇一
東京都千代田区一ツ橋二-三-一
電話　編集〇三-三二三〇-五六一六
　　　販売〇三-五二八一-三五五五
印刷所 ――― TOPPAN株式会社

この文庫の詳しい内容はインターネットで24時間ご覧になれます。
小学館公式ホームページ　https://www.shogakukan.co.jp

ISBN978-4-09-407371-3